Sonya
ソーニャ文庫

英雄騎士の残念な求愛

八巻にのは

イースト・プレス

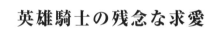

contents

プロローグ

「この本を買うから、今夜食事に付き合ってくれないか？」

キザったらしい顔で店のカウンターに本を放《ほう》った男に、書店の主であるルイーズは小さなため息をこぼす。

男が購入を申し出た本は、店の入り口近くに置かれた料理本で、貴族と思《おぼ》しき男が読むとは思えない。

自分を誘う理由として手に取ったのだろうが、それを咎《とが》める気が起きないのは、ルイーズにとってこのような出来事は日常だったからだ。

「他にも、売れていない本があるなら買ってあげようか？　ずいぶん小さな店だし、売り上げもあまり良くないんだろう？」

さすがにここまで失礼な言葉を重ねられるのは希《まれ》だが、いい金づるかもしれないと言い聞かせることで、苛立《いらだ》ちをぐっと堪《こら》える。

（いっそ売れていない医学書でもまとめて買わせちゃおうかしら）

イルヴェーザ国の東端にある街『カサド』の表通りにあるこの書店は、小さいながらもこの街唯一の書店で、売り上げは決して悪くない。

カサドは保養地として、多くの貴族や文化人が訪れるため、余暇《よか》の合間に読む小説などがよく売れるのだ。

とはいえ医学書などの専門書はなかなかはけないし、それならいっそ、そのすべてを押しつけてしまおうと図々《ずうずう》しく考えたルイーズは、天使を思わせる微笑みをその顔に貼《は》り付けた。

「待て」

しかし、ルイーズが専門書を買わせようと口にしかけた瞬間、逞《たくま》しい腕がカウンターの本を取り上げる。

低い美声と立派すぎる上腕二頭筋《じょうわんにとうきん》に驚いて顔を上げれば、そこには最近毎日のように店に顔を出す一人の騎士が立っている。

「俺という者がありながら、お前はこんなやつとデートするのか？」

男に対して失礼極まりない発言だが、抗議の声はない。

戸惑《とまど》っている様子なのに、それでも文句が言えないのは二人の体軀《たいく》と容姿にあまりに差があるからだろう。もちろん、どちらも優れているのは騎士の方である。

わずかに着崩《きくず》した騎士団の制服の上からでもわかる筋骨隆々《きんこつりゅうりゅう》とした肉体は男の倍はあるし、そのくせ顔は無駄に精悍《せいかん》だ。

少し長めの鳶《とび》色の髪の下には、一目見たら目を離せなくなる灰色の瞳が輝き、すっと通った目鼻立ちは、逞しい身体に釣り合う凛々《りり》しい顔を形作っている。

どちらかと言えば鼻がつぶれ、顔立ちも弱々しい男と並べば、騎士の力強さと逞しさはさらに強調され、ルイーズは男が少し哀れになった。

「……お邪魔《じゃま》みたいなので、帰りますね」

勝ち目がないと誰よりもわかったのだろう、男は弱々しい笑顔を浮かべると、脱兎《だっと》の如《ごと》く店を出て行く。

「あー、せっかくの金づるだったのに」

逃げ足の速さにルイーズがうっかり落胆《らくたん》すると、不満そうなため息がすぐ側でこぼれた。

「君は、金のためならどんな男ともデートするのか？」

「どんな男でもってわけじゃないわ。押しが弱そうで、暴力には縁《えん》がなさそうで、かつ、私に夢を見すぎている人じゃないと」

そしてルイーズを誘うのは、たいていがそんな男ばかりだった。

美しく波打つ長い金色の髪と、陶器《とうき》を思わせる透《す》き通った白い肌、そして人形のように愛らしい青い瞳と形の良い唇を持つルイーズは、道を歩けば誰もが振り返る魅力に溢《あふ》れている。

特に彼女が住むイルヴェーザでは金糸の髪と白い肌は美人の代名詞で、小さいころからルイーズは容姿を褒《ほ》められて育ってきた。

だが実を言えば、ルイーズ自身はこの容姿をあまり好いていない。

外見は女の子らしいルイーズだが、その内面はどちらかというと男勝りで我《が》が強く、そのせいで『見た目と違う』と幻滅されることが多々あるからだ。

でも幼いころから、ルイーズはどちらかと言うと腕白《わんぱく》な子どもだったので今更そう簡単に性格が変わるわけもない。

女の子たちと人形遊びをするよりも、男の子たちのチャンバラに交じりたかったし、父の書店からくすねて読む本はどれも冒険小説ばかりだった。

その中でも『女盗賊フェデーナ』という、男勝りで、剣の達人である盗賊の少女が様々な冒険を繰り広げる小説が大のお気に入りだった。

一応は女の子向けの小説だったので、一緒に冒険する見目麗しい王子との恋愛エピソードもあるが、それよりもルイーズが熱中したのは主人公が繰り広げる冒険の方だ。

それに正直、登場人物の中では、美しい王子より主人公を支える逞しい盗賊の方がルイーズは好きだった。

表紙に描かれた絵で比べると王子の方が何倍も素敵だけれど、主人公を助けてくれるのはいつも盗賊の方で、見かけによらず気配り上手で優しい彼はルイーズの憧《あこが》れだったのである。

「おいっ、ぼんやりしてないで話を聞け！」

そして本の表紙に描かれた盗賊の姿と、目の前の騎士は実を言うと少し似ている。

だから一時期は少しだけ彼に憧れたこともあったけれど、とある出来事をきっかけにその憧れは幻想だったとルイーズは気がついた。

（中身が、本の中の素敵な彼とは似ても似つかないのよね……残念すぎて）

「今、俺の顔を見ながらため息をつかなかったか……？」

不満げな声に、ルイーズは気を抜くと本のことばかり考えてしまう頭を無理やり現実に引き戻す。

だが騎士の相手をする気にもなれず、カウンターの上に置き去られた本を戻そうと腕を伸ばした。

すると騎士はその腕をつかみ、表情を和《やわ》らげる。

「そんなに金がいるなら、俺が買ってやる」

「いい。あなたに借りをつくるとあとが怖いから」

「怖いってなんだよ」

「だって、以前うっかり頼ったがために、あなたのとんでもない趣味に付き合わされたじゃない」

少し前に起きたとある事件を思い出しながら、ルイーズは騎士に向かって、蠅《はえ》でも追い払うようにしっしと手を振る。

「俺の趣味は健全だぞ。ただちょっと、俺の外見と性別と年齢にあってないだけだ」

そこが問題なんだと突っ込む間もなく、騎士は「そうだ！」と何かを思いついたように手を打った。

「君が俺の趣味に理解を示せるよう、今日はいい物を持ってきたんだ！」

自信満々に見える騎士の顔に嫌な予感を抱いていると、彼は足下《あしもと》に置かれていた袋をがさごそとあさり始める。

「君のために選んだとっておきだ」

そう言って、騎士が取り出したのは愛くるしいビスクドールだった。

おろし立てのブルーのドレスを身につけた黒髪の人形は、美しいグリーンの瞳でルイーズを見つめている。

確かにそれはかわいらしいいし、ルイーズも人形自体は嫌いではないが、それを騎士が大事そうに抱えている姿を見ると、どうしてもげんなりしてしまう。

「エルマーナ社の最新式モデル、リナちゃんだ!!　瞳に宝石を使った高級モデルで、手足の可動もスムーズだから、どんなポーズでも取らせることができるんだぞ！　そのうえほら、この愛らしい顔はなんとも言えず官能的だろう!!」

そのうえ、岩のような巨体からは想像できない人形知識をひけらかす彼の顔は、正直暑苦しい。

むしろ、暑苦しさを通り越してちょっと気持ち悪い。

だが当の本人はそれに気づかず、さらにもう一体人形を出してくる。

「うちのルルちゃんほどじゃないが、並べるとほら、こんなにかわいい!!!」

新しく出してきた方は古い物なので髪などは少しくたびれているが、現れたその人形を見たルイーズは思わず顔を覆いたくなる。

その理由は、ルルちゃんと呼ばれる人形と、ルイーズの顔が恐ろしいほど似ているからだ。

目や鼻の位置や顔の形、目の色に髪と肌の色まで酷似《こくじ》していて、ルイーズは見るたびになんとも言えない気分になる。

そしてこの人形こそ、この逞しくもちょっと変質的な騎士に言い寄られている原因なのだ。

「人形はいらないって何度も言っているじゃない！」

「だが、かわいいだろう」

「かわいくてもいらないの!!　私は、あなたと違って人形で遊ぶ趣味はないの！」

「俺だってそんな趣味はない！　ただ、美しいドレスを着せ、髪をとかし、素敵な椅子に座らせて愛でているだけだ!!」

世間一般ではそれを遊ぶと言うんだと突っ込みたいが、言ったところで騎士には理解できないだろう。

それほど彼は人形にご執心《しゅうしん》で、向ける愛情が過剰《かじょう》なあまり常識というものが欠落《けつらく》しているのだ。

「人形にそっくりな君が、人形を抱いたらさぞかわいいだろうに……」

そしてここ数ヶ月、目の前の騎士につきまとわれているのは、ルイーズの容姿が彼の持つ『ルルちゃん』にそっくりだからなのだ。

そのうえ名前までルルちゃんとちょっと似ているものだから、騎士の方はルイーズに運命的なものを感じているらしく、いくら嫌悪感をあらわにしてもまったく動じない。

「ともかく、仕事の邪魔だから帰って」

「でももうすぐ昼だろう？　よかったら、君と俺とルルちゃんとリナちゃんでお茶会でも……」

「ぜっったいに嫌！」

「でも、一人で飯を食うのは寂《さび》しいだろう。休憩時間まで、この子たちと一緒に立ち読み

でもしながら待ってるからさ！」

二体の人形を軽々と抱え、騎士は店の一角にある剣術書などを集めた場所に立つ。

その姿は異様だが、こうなってしまえば彼を店から追い出すのは不可能だ。

不審者がいると騎士団を呼んでしまいたいが、何せこう見えて彼こそがこの街の騎士団長なのだ。

そのうえ彼は隣国との戦争で活躍《かつやく》した、英雄の一人でもある。

（どう見ても、人形趣味の変人にしか見えないけど……）

それでも剣を抜けば鬼神《きしん》のような強さを誇る彼を、ルイーズの細腕《ほそうで》がどかせられるわけもない。

それに黙って本を読んでいる姿は凛々しく、ついつい目を逸《そ》らせなくなる。

（でもだめよ。彼だけは、絶対にだめ！）

そう繰り返しながら、ルイーズは逞しい騎士にして伝説の英雄オーウェン＝ブラッドに向きがちになる視線を、無理やり手元に縫《ぬ》い付けた。

第一章

山の木々が葉を落とし始める秋の終わり、イルヴェーザ国の東端にある街カサドは多くの観光客で賑《にぎ》わっていた。

戦争中は要塞都市として栄えたカサドも、近頃は近隣にわき出た温泉の影響で貴族たちの保養地としてすっかり有名になり、国内外から多くの人々が詰めかける。

それを狙って一時期は犯罪者まがいの流れ者も多く紛れ込んでいたが、最近はこの街に本部を置く東方騎士団の活躍によりその数はだいぶ減っていた。

そのおかげで、外出を控えがちだった街の子どもや女性たちも気軽に出かけることができるようになり、街はよりいっそうの賑わいを見せている。

だがそんな街を、ルイーズは一人、小さな書店の中から見つめていた。

今日は店の定休日だったけれど、出かける気が起きないのは、店の外でルイーズが出てくるのを待つ男たちの姿が見えたせいだった。

（毎日飽きないわねぇ）

そわそわと落ち着かない様子で店の外にたむろしている男たちを、カウンターに肘《ひじ》をついてぼんやり眺めながら、ルイーズはあくびをかみ殺す。

昔よりは外出しやすくなったカサドだけれど、ルイーズにとってはあまりありがたくない。

なぜならこうした晴天の日は、デートをしないかと誘いをかけてくる異性が多すぎて、満足に外を歩くこともできないからだ。

イルヴェーザ人は恋に奔放《ほんぽう》な者が多く、特に貴族はその傾向が強い。

異性であれば——そしてその容姿が良ければなおさら——身分に関係なく声をかけ、愛を囁《ささや》き、恋を勝ち取ろうとするのがイルヴェーザ人なのである。

さすがに結婚ともなると多少の障害もあるが、情熱的な恋の果てに身分を超えた結婚をする恋人たちがいないわけではない。

ただ外の男たちが、それほど情熱的な想いを持ってルイーズに声をかけているとは思えないが。

（あらかた、休暇中の恋人でも探してるんだろうな）

保養地で過ごす一時を充実させるためだけに、自分を狙っているのは見え見えだ。

そしてそんな男にほいほいついて行くほどルイーズも馬鹿《ばか》ではない。

期待するだけ無駄だとわからせるように、ルイーズはすまし顔で通りに面した窓のカーテンを引くと、外から落胆の声が漏れ聞こえてくる。

脈がないと察して何人かが帰ったことにほっとしながら、ルイーズは少し暗くなった小さな店内を見渡した。

それから大きく息を吸い、店に漂う紙とインクのにおいを嗅《か》ぐと、ルイーズの心はほっと落ち着く。

両親が亡くなってから、ルイーズはこの店をほぼ一人で切り盛りしている。

若い女手一つで店を切り盛りするのは大変なことだけれど、唯一の親族である叔父の助けを借りながら、なんとか店を続けている。

叔父は王都にある大きな書店を経営しており、そちらが忙しいのでカサドに来ることは滅多にないけれど、両親が亡くなったときはカサドを訪ねてくれたし、一人で店を続けたいという我儘《わがまま》を叶えさせてくれた。

彼の口利きのおかげで人気作家の本を卸《おろ》してもらえるし、商売の知識を教えてくれたのもその叔父だ。

それに何より、今でこそ本屋をしているが、叔父は以前この国で一番大きな騎士団『王立騎士団』で副団長をしていたほどの男なのだ。

その名声は辺境の地であるカサドにまで届いており、その親戚であるルイーズにもしものことがあれば血の雨が降るとわかっているから、一人で店を切り盛りする彼女に街の騎士たちはよくしてくれたし、何か問題がないかと気にかけてくれる。

騎士たちの手を煩《わずら》わせることを申し訳なく思うことはあるけれど、『一人で生きていくには誰かを利用するくらいのしたたかさが必要だ』と豪語《ごうご》する叔父の言葉もあり、彼の恩恵にあやかることにしたのだ。

毎日朝から晩まで店に立ち、休日も暇さえあれば本棚の整理や今後の品揃《しなぞろ》えについて考えを巡らせてばかりいる日々は、たぶんルイーズの性にもあっているのだろう。

下手に外に出るよりも、店の中を歩いて本を手に取っている方がルイーズは落ち着くし、ありがたいことに店の売り上げも順調だ。

(お母さんとお父さんがいたころは、『休みくらい外に出なさい!』って怒られたけれど、今はそれもないから気楽だわ)

本ばかり読み、実際の男より挿絵《さしえ》の男ばかりを愛でる娘を、両親は心配していたのだろう。特に休日は、家でだらだらと本を読んでいると、二人がかりで賑やかに家を追い出されたものだが、結局ルイーズの出不精をきちんと矯正《きょうせい》する間もなく彼らは逝《い》ってしまった。

だから静かな休日を「気楽だ」と思う一方で、こうして一人で過ごす時間は、本当はまだ少し寂しい。

好きなだけ本に触《さわ》れる日々を小さいころからずっと願っていたのに、いざ思いのまま過ごせるようになっても、それが両親不在の代償だと思うと、心にぽっかりと穴が空いた気持ちになるのだ。

その穴を埋めるためにも、ルイーズは仕事に励《はげ》み、書店を軌道《きどう》に乗せたけれど、仕事のない休日になると、どうしても気持ちが沈みがちになってしまう。

（でももう、お父さんたちがいなくなってずいぶん経つし、いい加減メソメソするのはやめないと……）

弱気になるのは自分の柄《がら》ではないし、気分が落ち込んでいると、それにつけ込む者だって出てくる。

実際両親が亡くなったあと、落ち込んでいた気持ちにつけ込むように優しく近づいてきた人は何人もいた。

そしてそのうちの一人に、ルイーズは初めて淡い恋心を抱いたけれど、ふたを開けてみたら相手の目当てはルイーズの身体で、危うく乱暴をされかけた。

以来彼女は、前以上に異性と距離を置くようになり、特に自分に優しくしてくる男ははね除けるようになったのだ。

ただ唯一の例外として、オーウェンにだけはそれがうまくいっていない。

両親のこととあわせ、彼のことも休日に思い出したくないリストの上位に入っているというのに、彼の間抜け面が近頃はすぐ頭をよぎる。

そんな自分が情けなくて、ルイーズは自分の気持ちを立て直そうと、置かれた本へと目を向けた。

本の位置を確認し、棚に差す本を考えている間は、余計なことを考えなくていい。

だから本を抱えて店の中を行ったり来たりしていると、不意に裏口につけられたベルがチリンと鳴った。

その音で、ルイーズは慌てて時計を見る。

（いけない、もう約束の時間！）

慌てて店の裏手にある住居に向かうと、裏口の側にはルイーズの親友が立っている。

「なかなか来ないから、こっちから来ちゃった」

そう言ってルイーズに美しい微笑みを向けるのは、大親友のハイネだった。

美しい黒髪とカサドでは珍しい小麦色の肌を持つ少女は、小さいころから付き合いのある幼なじみで、いざというときのために合い鍵《かぎ》を預《あず》けるほど仲が良い。

付き合いの長い彼女は、ルイーズが休日になると落ち込むことにも気づいていて、時間があるとこうして一緒に過ごしてくれるのだ。

「もしかして、ランチのこと忘れてた？」

「ごめん、棚を見てたらつい……」

「そんな気がしてたわ。だから勝手に入ってしまったけど、怒らない？」

慌てて首を横に振ると、ハイネは「良かった」と優しく微笑む。

彼女は美しい容姿どおりの穏《おだ》やかな性格で、滅多に怒らない。

だから今日のように、本に夢中になると周りが見えなくなるルイーズにも、気長に付き合ってくれている。

「ちょっと遅くなったけど、外に行く？」

「天気はいいけど、あまり外には出たくないでしょう？　だから、今日はここで食べようと思って色々持ってきたの」

そう言ってハイネが差し出した大きなバスケットには、一庶民にはあまりに豪華《ごうか》すぎる料理や果物が入っていて、ルイーズは思わず目を見開いた。

「それ、もしかしなくてもあなたの彼氏が持たせたの？」

「ええ。途中で何か買っていくって言ったら、『その店に強盗が出たらどうするんだ』って怒られてしまって」

「心配性よね」と、ハイネはのんびり笑っているけれどそう言いたくなる気持ちもわかる。

美しすぎる容姿ゆえに異性から絡まれるルイーズとは別の意味で、親友のハイネもまた外を歩くと煩《わずら》わしい目に遭《あ》うことが多いのだ。

ハイネはイルヴェーザ国の南方に住まう、砂漠の民の血を引いている。

砂漠の民はルイーズの大好きな『女盗賊フェデーナ』のモデルにもなった艶美《えんび》な容姿を持つ人々だが、彼らはかつて奴隷として売り買いされ、女性はその見た目の美しさから娼婦として売られることが多かった。

今は奴隷制度が廃止されているが、それでも黒い髪と黒い肌を見れば娼婦だと勘違いする者は多く、ハイネを見ると卑《いや》しい言葉をかけてくる者は多い。

そのうえハイネはルイーズが見てもうっとりするほど美しく、同性からのやっかみを受けることも多々あった。

街を歩けば心ない言葉を向けられるし、そのたびに親友のルイーズは憤《いきどお》っていたものだ。だからハイネの恋人が心配するのも無理はないし、ルイーズとしてはそうして彼女に心を砕《くだ》いている異性がいることは素直にうらやましい。

「私も、気にかけてくれる恋人が欲しいな」

「えっ、オーウェンさんは？」

「あれは、ただの変態よ」

オーウェンとの出会いには親友のハイネも関わっているので、彼の歪んだ趣味については彼女にも話していた。

そもそも、ハイネの彼氏とオーウェンも親友同士という間柄なので、こちらも遠慮なくオーウェンから言われたとんでもない言葉の数々をハイネに話しているし、ランチに誘ったのも、彼の愚痴《ぐち》をこぼすためだ。

「同じ騎士で、どっちも英雄とまで呼ばれてるのに、どうしてオーウェンとハイネのカイルさんとではこんなに違うのかしら」

居間の小さなテーブルにハイネの持ってきたランチを広げながら、今日もルイーズは日頃の憤りをこぼす。

ルイーズの頭の中はオーウェンへの不満でいっぱいだけれど、それを見つめるハイネは穏やかに微笑むばかりだ。

「最近、ルイーズはオーウェンさんのことばっかりね」

「だって、ハイネ以外に愚痴をこぼせないんだもの」

正確には、こぼしても信じてくれるのがハイネだけだというのが正しい。

何せ普段のオーウェンは、この街の領主と騎士団長を兼任する人徳者で、女性にも優しい紳士的な男なのだ。

共に戦争で活躍し、英雄と呼ばれるようになったカイルと比べると、打ち立てた武勲《ぶくん》は少ないものの、『イルヴェーザの獣』という物騒な二つ名を持つカイルと違って、オーウェンはその親しみやすい性格と社交性の高さから貴族たちとも人脈を持ち、そのつてを用いて作戦を遂行するのに必要な資金や人員の確保に奔走した。

陰の立て役者であるためにカイルほど名は知られていないけれど、その功績は大きく、戦争後は伯爵の位と領地を得ている。

そしてその、国王に賜《たまわ》った領地というのが、このカサドの街なのだ。

カサドは昔から騎士が多かったため、彼らや住人の考えを汲《く》んでくれるオーウェンの治政を喜ぶ者は多く、また彼が率先して取り組んだ温泉街の開発もうまくいき、戦争前よりも街は格段に潤《うるお》った。

だから人々はオーウェンを慕《した》っているし、人格者だと信じて疑わない。

ルイーズが「人形趣味の変態よ！」と大声で叫んだところで、冗談だと思われるのがオチだ。

「昨日も店に来るなりカモを追い出しちゃうし、ホントいい迷惑」

「カモって、もしかしてまたお客さんから告白されたの？」

「うん。デートしたら何でも買ってくれるって言われたの」

「だからって、受け入れることないわ。そんなことをしなくても、売り上げが悪いわけじゃないんでしょう？」

「店はつぶれないけど、仕入れたい本はたくさんあるもの」

いくら叔父のコネがあるとはいえ、資金が無ければ本を仕入れることは難しい。

特にこのカサドは王城のある北の都から離れているから、行商人もたまにしか来ないし値段も都より割高だ。

よく売れる小説などはまだいいが、専門書などを仕入れるには別途注文が必要だし、そうなれば余計な手数料を取られることもある。

事前にリクエストをもらっていれば前金をもらって頼むこともできるが、可能なら欲しいと思ってくれる本をなるべく多く置いておきたい。

「八百屋のおばあちゃんにはエイデーン＝ロメロの詩集を読んで欲しいし、教師をやってるベンおじさんのために、マニアックな大人向け恋愛小説のコーナーをつくってあげたいし……」

挙げたらきりがないほど、そろえておきたい本はたくさんある。

街にある書店はここだけなので、本を読む人は皆この店にやってくる。だからそれぞれの好みをなるべく把握し、客が手に取りそうな本は少しでも多く入荷しておきたいと考えてしまうのだ。

欲しい人のところに欲しい本を届けることが自分の仕事だと思っているし、念願の本を手にした客たちの嬉しそうな顔を見るのがルイーズにとっては一番の幸せだ。

「けどそれにはとにかくお金が必要なのよね」

「だからって、ルイーズが身体を張ることないと思うわ」

「でもせっかく人より優れた容姿に産んでもらったんだし、利用できるなら利用しなきゃ」

ルイーズは断言するが、ハイネはその考えには同意できない様子だ。

「デートは好きな人としたいって、ルイーズ、前に言ってたのに」

「でも、そもそも好きな人がいないもの。誘ってくれるのはだいたい鼻持ちならない貴族ばっかりだし」

　そういう男たちは、ルイーズの見た目に釣られて声をかけてくるが、彼女の内面には見向きもしない。

　彼らが求めているのは、外見どおりのおしとやかで物静かな、男の言うことを黙って聞いてくれる人形のような少女だから、たいてい最初のデートで勝手にルイーズに幻滅していくのだ。

　ルイーズはどちらかと言えばおしゃべりだし、幼いころから節操《せっそう》なくたくさんの本を読んできたため、妙《みょう》に博識《はくしき》なところがある。

　だから相手の話を黙って聞いていられないし、自分が知っている話題なら一緒に盛り上がりたくなるのが常だけれど、残念ながら率先してルイーズに声をかけてくれる人はそれを喜ぶ性格ではないし、嫌悪を示す者さえ多い。

　昔は、男たちに「がっかりした」「君は女らしさを勉強した方がいい」と言われるたびにルイーズは深く傷ついたものだ。

　そしてその傷を浅くする一つの方法が、「自分も相手を利用してやればいいのだ」と割り切ることだったのである。

「それに、カモにするときだって、相手の負担にならない程度に抑えているし」

「そもそも、カモにするのをやめた方がいいんじゃないかしら？　下手に恨みでも買って、仕返しをされたら怖いわ」

「しそうもない相手しかカモにしないわよ」

一人で店をやってきたので、人を見る目はそれなりにあるとルイーズは自負している。だから本当に危なそうな相手には近づかないようにしているし、そのおかげで今のところ仕返しのたぐいをされた覚えはない。

「まあでも、嫌でもしばらくカモ探しは無理そうだけどね。最近、ずっとオーウェンが張り付いてるし」

「私としては、その方が安心できるくらいだけど」

「安心って、あいつが一番危なそうじゃない」

「まあ確かに、人形が好きなのは変わってるけど」

「変わってるってレベルじゃないわよ。開口一番に『君は俺のルルちゃんにそっくりだ。抱きしめさせてくれ！』って言ってくるような人なのよ？」

「それは聞いたけど、私の知るオーウェンさんとその告白から想像する彼があまりに違いすぎて……」

「でも一字一句彼の口から出た言葉に間違いないわ」

ルイーズは断言するが、ハイネはやはりぴんときていないようだ。

ルイーズの前では惜しみない人形愛と、そこから生まれたルイーズへの愛情を見せるオーウェンだけれど、他の人と同じようにハイネの前では彼は至極《しごく》まともなのだろう。

彼は二十九という年齢以上に落ち着いて見えるし、社交的で明るい性格なので、本来ならば女性にもさらりと甘い言葉をかけられる人なのだ。

けれどなぜか、それがルイーズの前ではまるで出てこない。

もしかして緊張でもしているのだろうかと思うときもあるが、彼は英雄とまで呼ばれる男だからそれはないだろう。

いくつもの死線をくぐり抜け、敵陣のど真ん中に取り残されても怯《おび》え一つ見せなかったという伝説を持つ程だから、ルイーズに告白するくらい造作《ぞうさ》もないはずだ。

「もしかして、私、からかわれてるのかしら」

「そんなことないわよ。オーウェンさん、ルイーズのこと大好きだし」

「どうかしら？　私、『だっこしたい』とはよく言われるけど好きだなんて言われたことないもの」

「でもオーウェンさん、すごく熱心にルイーズのことを聞いてくるのよ？」

「変なこととか、教えてないでしょうね」

少し大げさに眉を上げると、ハイネは長い黒髪が揺れる勢いで、大きく首を横に振った。

「聞かれるのは普通のことばかりよ？　好きな食べ物とか、好きな色とか」

意外と平凡な質問に、ルイーズは逆に訝《いぶか》しむ。

「あとはルイーズがどんな本を読んでいるかとか、店をどうやって一人で回しているかとか」

形の良い頬に手を当てながら、ハイネは思い出せる限りの質問を教えてくれる。

だがそこで一瞬、彼女は何かを思い出したのか少し言葉に詰まった。

それを見逃すルイーズではなく、彼女は「何を聞かれたの」とにじり寄った。

「よくあることよ。彼氏はいるのかとか、今まで誰かと付き合ったことがあるかとか」

「なんか怪しい」

白状《はくじょう》しろとさらに詰め寄ると、ハイネは恥ずかしそうに下を向きながら声を潜《ひそ》める。

「ルイーズはその、悪い噂を流されてるでしょう？」

「もしかして、男をとっかえひっかえしてるとかそういう話？」

美しいがゆえに同性からやっかみを買うのはルイーズも同じで、ちまたではルイーズは男好きの尻軽だと言われている。だから余計にろくでもない男が寄ってくるのだが、この手の噂は一度流れてしまうと簡単には止められない。

「だからその、経験はあるのかと前に一度……」

「そういうのは直接私に聞けばいいのに」

「ルイーズが頑《かたく》なに何も教えないからでしょう？　だから、困り果てたオーウェンさんは仕方なく私とカイルのところに来るのよ」

ため息を一つこぼし、それからハイネは真剣な瞳をルイーズに向ける。

「ちょっと変わったところはあるけど、オーウェンさんってすごくいい人よ？　さっきの質問もあなたが悪い男に引っかかってないか心配だから聞いたみたいだし」

「本当に？」

「ええ。だから無下にするばかりじゃなくて、もうちょっと仲良くしてみたらどうかしら」

告げる言葉は力強くて、ルイーズは少し驚く。

「ハイネから、恋の後押しをされるなんて何だかびっくり」

「だって、ルイーズには幸せになって欲しいし」

「それはわかるけど、少し前までは私がハイネを応援する立場だったから、ちょっと感動したっていうか」

自分と同じか、それ以上にハイネは異性に奥手だったから、「自分は恋なんて絶対にできない」と言い続けていた。

けれどようやく最愛の人を見つけたことで、彼女は前向きになれたのかもしれない。

そんなハイネの変化が、ルイーズは嬉しいと同時に少しだけ寂しい。

ハイネの美しさをみんなが気づけばいいと思っていたし、そんな彼女に相手ができたことは本当に喜ばしいことだけれど、一番の友達が遠くに行ってしまったような気持ちは拭《ぬぐ》えなかった。

「ハイネの応援ならがんばりたいところだけど、オーウェンかぁ」

「一時期は、ちょっといいなって言ってたじゃない。それにほら、オーウェンさんってルイーズが大好きな小説の登場人物に似てるし、そこが気になってたでしょ？」

「大好きな小説って、『女盗賊フェデーナ』のこと？」

心の内に芽生えた複雑な感情を隠しながら、ルイーズはわずかに首をかしげる。

「ええ。あの盗賊の人、格好よくて好きだって言ってたじゃない」

「確かに好きだし、オーウェンには似てるけど……」

それを認めるのがルイーズは少し怖い。

だってようやく出会えた好みの男性に、今までのように「君にはがっかりした」と言われるのは嫌だし、オーウェンが他の男とは違うと思えるほど彼とはまだ親しくない。

「ともかく、次はすぐ追い返さないでみたら？　ちょっと話せば、いい人だってわかるかもしれないわよ？」

「悪い人じゃないのは今もわかってるけど……」

ついつい言い訳ばかりを考えてしまうあたり、どうやらルイーズはハイネ以上に恋に臆《おく》病《びょう》になっているらしい。

（ハイネだってがんばって恋を見つけたんだし、私もそろそろ努力すべきかしら……）

親友の幸せな姿を見ていると、うらやましい気持ちはあるし、唯一気になっている異性がオーウェンであることも事実だ。

悪い意味で気になっているのは確かだけれど、ハイネがここまで薦めてくるならばと思う気持ちはある。

「まあ、ちょっとだけなら考えてみる」

ハイネが持ってきてくれた豪華なサンドイッチを頬張りながら告げると、彼女はどこかほっとしたように笑みをこぼした。

＊　＊　＊

鋭い剣戟《けんげき》の音と荒々しいかけ声が響く騎士団本部の最上階、きちんと整理整頓された団長室の机の上にのせられた物を眺めながら、オーウェンは真剣な面持ちで顎《あご》を撫《な》でていた。

「なあ、こっちのナナちゃんと右のココちゃん。好きな子にあげるんだったらどっちがいいと思う？」

「俺だったら、どっちも選ばん」

あまりに素っ気ない返事に肩すかしを食らい、思わず顔を上げたオーウェンの前には親友である騎士カイルの不満そうな顔があった。

「俺は、重要な証拠品が手に入ったと聞いたからわざわざ訓練を切り上げて来たんだが」

「すまんが、それは嘘だ。そうでも言わないとお前は来ないと思って」

反省する姿勢が微塵《みじん》も感じられないオーウェンに、カイルは不満を口にする気もなくなったのだろう。

肩にかけたタオルで汗を拭いながら、カイルは机の上にちょこんと座る二体の人形を見つめた。

「お前の人形好きは知っていたが、仕事場にまで持ってくるほど悪化していたとは」

「悪化してるのは人形好きの方じゃねぇよ。最近色々あって、仕事もろくに手につかなくてな」

「お前普段も言うほど仕事してないだろう」

カイルの指摘に、オーウェンはひどいなぁとこぼす。

けれどその口調にすら真剣みはない。オーウェン自身も、その自覚があるからだ。

「するほど仕事がないだけだよ。伝説の騎士様が復帰してくれたおかげで、この街の犯罪率は激減だ」

そこでようやく人形から目を離し、オーウェンは黄昏《たそがれ》に染まる街を背後の窓から見下ろす。

　戦争が終わり、この街に彼が領主としてやってきてから四年ほどになるが、こんなにも街が平和なのは久しぶりだ。

　夏のはじめにはむごたらしい殺人事件があったが、それを目の前の親友が解決して以来、街で起きるのは小さな喧嘩《けんか》や窃盗《せっとう》くらいのものだ。

「カイル様がいてくれると現場がぴしっと引き締まるし、騎士団長としては楽ができていいわぁ」

「俺の復帰は、お前の怪我《けが》が治るまでのはずだが？」

「あ、腹が……腹の傷が…うずくっ」

「お前、切られたのは肩だろう」

的確すぎる指摘に、オーウェンは「笑いがわからんやつだ」とこぼす。

　どこかふてくされたような顔は、領主と騎士団長を兼任する男には見えない子どもっぽさがあるが、これは二人きりだからこそ見せる顔でもある。

　今でこそカサドの領主としてまじめ人間の皮を被っているが、元々オーウェンはどちらかと言えば仕事より冗談の方が好きな男だ。

　一方カイルは強面《こわもて》で無口な男で、一見、二人は水と油のように混じり合わないように思える。

　だが、幼いころから孤児として共に育ち、傭兵を経て騎士になった今も二人の友情は変わらず続いているし、お互いに窮地《きゅうち》となれば何があっても相手を支えるほどの信頼関係ができている。

　とはいえ、さすがに人形選びを手伝う気はないようだったが。

「まあ、過去の恩もあるから仕事に関しては引き続き手伝ってやってもいい。だが、人形は自分で選べ」

「選べないから、お前を呼んだんだろう」

「恋人への贈り物を、俺がうまく選べると思うのか？」

「思わない」

　けれどオーウェンがこの手のことを相談できるのはカイルしかいないのだから仕方がない。

「部下には人形好きのことは隠してるし、一応女の扱いがうまいってイメージで売ってるからさ」

「実際、俺よりよっぽどうまいだろう」

「そう思ってたんだが、ルイーズ相手だとどうもうまくいかなくてな」

　逞しい体格に不似合いな愛らしい人形を持ち上げながら、オーウェンは大きなため息をこぼす。

ルイーズを意識したのは、今年の春のことだった。

元騎士である彼女の叔父とは浅からぬ縁《えん》があったため、以前からその存在は知っていたものの、その愛らしい容姿ゆえに彼女の護衛に立候補する騎士が多かったため、オーウェンが気にかける必要が今までなかったのだ。

指示せずとも率先してルイーズの様子を見に行く部下たちのはしゃぎようから、彼女が美しいのはわかっていたが、オーウェンにとっての美しさの基準は『人形かそうでないか』だったから顔を見るまではさして興味がなかったのである。

だが春のある日、オーウェンはついに彼女と出会った。

ルイーズの顔を初めて見たのは、巡回中のこと。書店から出てくるルイーズに目がとまり、そして次の瞬間、オーウェンは彼女の側に駆《か》け寄っていた。

オーウェンの姿に驚くルイーズの顔を間近で見て、彼は『君は俺のルルちゃんにそっくりだ。抱きしめさせてくれ！』とのたまってしまった。

正直今でも、どうしてあのとき、あんな言葉を口にしてしまったのかわからない。

『ルルちゃん？』

と怪訝《けげん》そうな顔をするルイーズにルルちゃんを見せようと、その夜、最愛の人形を手にもう一度店に押しかけたのも大失敗だったと思う。

だがすべての原因は、オーウェンの思考をおかしくさせるほどに魅力的なルイーズの容姿だ。

　他の女性の前でなら紳士的な態度を取れるのに、どうしても彼女の前だと心の内側に隠された気持ちや欲求が溢れてしまう。

「あの美しいブルーの瞳に見つめられると、俺は馬鹿になってしまうんだ」

「恋に盲目になる気持ちは俺もわかるが……」

「それにあの陶器のような肌と金糸の髪を見ていると、触れたくて、キスしたくて、あわよくばだっこしたい欲求が高まりすぎて……」

　自分が自分でなくなってしまうのだと胸を押さえると、カイルは心配そうな顔で、悶絶《もんぜつ》するオーウェンを見つめる。

「恋とは素晴らしくも恐ろしいものだな。どんなときでも冷静だったお前が、こんなにも自分を見失うなんて」

「俺も驚いているし、正直自分で自分が情けない」

　そして少し前のオーウェンなら、女性に恥ずかしい面を見せるくらいなら自分の気持ちを押し殺す方を選んだだろう。

　人形好きという隠れた一面はあるが、オーウェンは人並みかそれ以上に外聞を気にするところがある。

　たぶんそれは、周りの評価を気にしないカイルと幼いころからずっと一緒にいたからだろう。

戦争のおかげで騎士になり、今はお互い名声を得ているものの、傭兵上がりの彼らはずっと周りの騎士たちから馬鹿にされ、疎《うと》まれてきた。

カイルはそれでもいいと思っていたのだろうが、オーウェンはそんな状況を歯がゆく思い、今では考えられないほどやさぐれていた時期もあった。

特に苛立ちを覚えたのが、他の誰よりも強くて有能なカイルが能力を評価されないことだった。

剣の腕も部隊の指揮能力も、窮地に陥ったときに発揮する機転も、カイルは誰よりも秀《ひい》でている。

だが厳つい顔立ちと無口さ故に、カイルは騎士団に入ってしばらくの間は周囲によく煙たがられていた。

人の顔色をうかがうタイプでもないし、お世辞のたぐいを言わない彼は上官の機嫌を損ねることが多く、辺境にあるこのカサドの街に飛ばされたのも、そのあたりのことが理由だ。

だが今思えば、それが人生の節目だったのだろう。

二人がカサドに赴任《ふにん》すると同時に、隣国から大軍が攻めてきたのだ。

突然の侵攻に後れを取ったイルヴェーザは、最初の戦いで多くの騎士を失い、砦《とりで》と国境の守りは崩され、カサドの街が隣国に占領されるのも目前だった。

そのうえ、街に残っていたのはオーウェンたちのように僻地《へきち》に飛ばされてきた騎士ばかりで、彼らのほとんどは戦場に出たこともないという有り様だ。

この絶望的な戦況を理解したとき、オーウェンはこの状況を打破できるのはカイルしかいないと痛感した。

彼自身が恐ろしく強いのはもちろんだが、彼には練兵《れんぺい》のセンスがある。

何せ、元々それほど剣の腕が立つわけでもなかったオーウェンを鍛《きた》えたのは彼で、カイルがいたからこそオーウェンは傭兵として数々の死線をくぐり抜けることができたのだ。

そんな彼ならば、残された騎士たちを立派に鍛え上げられる。いや鍛えなければ自分たちに未来はないと悟ったオーウェンは、無口なカイルに代わり上官たちを説得し、カイルが働きやすくなるよう、環境をととのえる立場を担《にな》うようになった。

やさぐれて不満をこぼすばかりの日々に見切りをつけ、カイルを上に上げるためなら何でもしようと、彼はこのとき決めたのだ。

貴族ばかりの騎士団で少しでも浮かないよう、戦いとはまったく関係ない教養や、紳士的な仕草だって身につけたし、時には腹の立つ上官のご機嫌うかがいさえ務めた。

一時期は太鼓《たいこ》持ちだの何だのと周りから揶揄《やゆ》されたが、罵倒《ばとう》も軽蔑《けいべつ》も甘んじて受けながら、オーウェンはただ一心に、カイルが活躍できる機会をつくることだけに尽力し、その結果カイルは小隊を任されることになった。

そしてカイルが率いたカサド第三小隊は隊長の激しいしごきによって逞しく成長し、後に伝説となる数々の武功を立てていったのだ。

それによって二人の名声と地位は上がっていき、貴族たちは内心面白くなさそうだったが、それでも一目置くようになった。

そのおかげで社交の場に出る機会も増え、そこで女性たちの相手をする機会も得たことで、オーウェンは紳士的な振る舞いに磨《みが》きをかけていった。そして細い男ばかりの社交界ではオーウェンのような逞しい男性は目を引き、あっという間に彼は社交界の淑女たちの注目の的になったのである。

そのおかげで剣と同じくらい女性の扱いもうまくなったのだが、残念ながらルイーズに対してはその真の能力が発揮できていない。

「女の扱いだけは、カイルに勝てる唯一のことだったのに」

「でもお前、女より人形が好きじゃないか」

「ああ、むしろ動く女は好きじゃない」

物言わぬ人形を愛するオーウェンは生身の女性は正直苦手だ。

だがそれでも、人並みかそれ以上に女性に優しくできる自信はあったし、カイルのために培《つちか》った社交性を用いれば、相手を口説き落とすことなど造作もないはずだったのだ。

けれどルイーズの前ではそれができない。

「紳士」の仮面に隠してきた、「人形愛の行き過ぎる傭兵上がりの不器用な男」が前に出てしまうのだ。

「このままじゃ、嫌われちまう」

「そう悲観するな。口べたな俺だってうまくいったんだから、お前が失敗するはずがない」

「そう思うなら、どっちの人形がいいか選んでくれ」

「……応援はするが、それはできかねる」

そもそも違いがさっぱりわからないと告げるカイルに、オーウェンは大きく肩を落とす。

「仕方ない、両方持って行こう」

「もしかして、今日もこれから会いに行くのか？」

「ああ。昼間はハイネちゃんと予定があるというから、夜押しかけることにした」

「……その言い方だと、約束はまだしていないのか？」

「約束できたためしがないんだ」

だがそれでも、時間があると彼女に会わずにはいられない。

「……ということで、あとの仕事をお前に押しつけてもいいか？」

「嫌だと言っても、行くんだろう？」

「さすが親友、わかってるじゃないか」

カイルがこぼしたのはため息だけだったが、オーウェンはそれを肯定と受け取った。

＊＊＊

「それじゃあまた来週ね」

「うん。次は私がハイネのところに行くから！」

楽しい時間はあっという間に過ぎて、ハイネは日が傾くと同時に帰路につく。

少し前までならそのままルイーズの家に泊まっていくこともあったが、心配性の騎士を彼氏に持ったせいで、最近は日が落ちる前に彼女は帰ってしまう。

それを少し寂しく思うけれど、むしろハイネは時間をつくってくれている方だ。

他の友人たちはみな春のお祭りで恋人をつくるやいなや、今はルイーズになんて構ってもくれないし、むしろ彼女と距離を置こうとさえしている様子だった。

だがそれも仕方がないと諦めているのは、これまでに何度も気まずい経験をしてきたからだ。

自分の意思に関わりなく、ルイーズの容姿はどうしても異性を引きつけてしまう。

そのせいで友人の彼氏から告白されたことや、ルイーズと親しくなりたいがために利用された友人もいたほどだ。

そのどちらもルイーズのせいではなかったが、彼女を責めたり、裏で悪い噂話を流したりしていたのを知っている。

だから幼いころに比べて仲の良い友達は減ってしまったし、仲が良いと思っていた子も彼氏ができるとあまりルイーズに近づかなくなってしまう。

逆にそれを身近で見てきたハイネだから、恋人ができた今もルイーズとの時間をつくってくれているのだろう。

他の男性たちと違い、カイルがハイネしか見ていないという理由もあるだろうが、一番はルイーズが寂しくないようにと思ってのことだとわかっているので、本当にありがたい。

だから今はそれに甘えてしまっているけれど、苦労が多かった分ハイネにはカイルとうまくいって欲しい気持ちもあるので複雑だ。

(そろそろちゃんと、ハイネとも距離を置いた方がいいのかな……)

しんと静まりかえった家の中、ルイーズはそっと唇をかむ。

でも覚悟を決めたとしても、ハイネは優しい子だから、ルイーズの寂しい気持ちを見抜いてしまいそうで悩ましい。

そして自分の気持ちをうまく隠せるほど、ルイーズも器用ではない。

(いっそ、私にも素敵な人ができたら何もかも解決するのに)

そうしたらハイネだって安心するし、自分だって寂しい気持ちを埋められる。

そんなことを考えていたルイーズの足は自然と店の奥へ向き、定位置となっているカウンターの中の椅子に腰掛けた。

そこで寂しい気持ちをもてあましていると、ふと視線はカウンターの上に置かれた一冊の本に向けられる。それは、読み過ぎてぼろぼろになったルイーズの愛読書『女盗賊フェデーナ』の一巻で、何気なく本を手に取ると、お気に入りの挿絵のページが自然と開かれてしまった。

描かれているのは、あの格好いい盗賊が、フェデーナのことを身を挺して守るシーンだ。

少し先には王子がフェデーナを守る場面もあるが、ルイーズが好きなのはこちらだ。

粗野で乱暴ながら、誰よりもフェデーナを大切に思う盗賊は、彼女の危機に絶対に駆けつけてくれる。

巻が進むにつれ、フェデーナが王子を意識しだしても、そしてそれに気づいていても絶対にフェデーナを見捨てないその姿には、強い憧れを感じていた。

ただ残念ながら、作者は先の戦争で亡くなってしまったため『女盗賊フェデーナ』は未完のままで、フェデーナが、最後に王子と盗賊のどちらを選んだのか、あるいはどちらも選ばなかったのかはわからない。

けれど、ルイーズは盗賊こそ相手役にふさわしいとずっと思っていたし、自分のところにも格好いい盗賊が現れないものかと小さいころは本気で考えていた。

（でも、現実はそう簡単じゃないわよね）

むしろルイーズの場合、王子のような容姿の人はよく現れる。

さすがに挿絵ほど美しい人はいないが、それでも輝くような美貌を持つ青年に言い寄られたことは何度もあった。

でもルイーズがハッとするのは、やはり盗賊の方なのだ。

だからこそオーウェンに声をかけられたときは、ついにこのときが来たと思ったけれど、胸のときめきを感じたのはわずかの間で、度重なる人形好き発言に、最近はげんなりしている。

（あれで、もうちょっとまともだったらな……）

思わずそんなことを考えていると、不意に店の扉が大きく叩かれた。

その力強さに悪い予感を覚えながらそっと入り口へと向かうと、そこには今し方思い浮かべていたオーウェンの姿がある。

「入れてくれ」

扉越しでもはっきり聞こえる声に、ルイーズは眉を寄せて『本日閉店』と書かれた札を指さす。

けれどオーウェンはまったく気にしていないのか、むしろ扉越しであっても、ルイーズが出てきたことが嬉しくてしょうがないという様子である。

「夕飯はまだだろう？　一緒に食べよう」

ここでもまた、ルイーズは黙って札を指さす。

「ハイネちゃんも帰ったんだろう？　俺も丁度、仕事が終わったんだ！」

ルイーズはまた札を指さす。

「今日は贈り物も持ってきたんだ。だから君の準備ができるのを待ってる」

さらに札を指さそうとしたが、オーウェンはこちらに背を向け扉の前に腰を下ろしてしまう。

（もしかして、本気で待つつもり？）

驚いて様子をうかがうが、オーウェンは店の前の段差に腰を下ろし、彼に気づいて会釈する通行人に手まで振っている。

その余裕綽々《よゆうしゃくしゃく》な態度が腹立たしくて、ルイーズは大きな足音を立てながら、店のカウンターに戻った。

「今日は、店から一歩も出ないんだから！」

オーウェンに聞こえるよう、わざと大きな声で言ってから、ルイーズは先ほど広げていた本の最初のページを開いた。

大きく息を吐き、大好きな活字の森に視線を落とせば、ささくれていた気持ちがすっと落ち着き、意識が物語の中へと吸い込まれていく。

そのまま時間を確認することなく物語を追い、続きの巻を四冊ほど読んだところで、ルイーズの意識はようやく現実へと戻ってくる。

（あれ、もしかして雨……）

ふとあたりを見れば、室内はひどく暗くなっていて、外からは雨音も聞こえてくる。

無意識のうちに近くの燭台《しょくだい》に火をつけていたようだが、街灯のともる外の方が明るいくらいで、店と店の奥にある住居には静かな闇がたたずんでいる。

その暗さにぞくりと背筋をふるわせながら、ルイーズは慌てて席を立った。

一人暮らしが長いせいで前よりもずいぶん慣れたけれど、ルイーズは小さいころから暗闇が苦手だった。

幼いころに読んだ怪奇小説のせいで、幽霊や化け物といったたぐいの存在が怖くなり、それらが今にも飛び出してきそうな夜の闇は苦手なのだ。

だからいつもならもっと早い時間に家中の火をつけるのだけれど、本に夢中になるあまり忘れてしまったことが悔やまれる。

（あれ、そういえば……）

少し震える手でマッチを擦ろうとしたところで、ふと頭をよぎったのはオーウェンのことだ。

（さすがにもう帰ってるわよね……）

時計を見ればもう二時間ほど経っているし、さすがにまだ外にいることはないだろうと思ったが、妙な胸騒ぎを感じ、ルイーズはそっと扉に近づいた。

だが鍵を開けようとした直後、店の外から大きな倒壊音と馬の嘶《いなな》きが響く。

同時に、わずかに地面が揺れたことに気づいたルイーズはぎょっとし、慌てて扉を開けて外を見た。

ルイーズと同じく、音に驚いて外に出てきた人々が見つめているのは、雨でぬかるんだ通りの中央で横転している一台の馬車だった。

いつしか大降りになった雨の中、荷台と共に横倒しになった馬が苦しげにもだえ、そのたびに荷台がぎしぎしと揺れている。

「みんな下がれ！」

その力強い声に、ハッと視線を動かすと、倒れた馬車の一番近くにオーウェンがいた。

普段見ている情けない姿はなりを潜め、雨に濡れた髪を掻《か》き上げた彼の表情は険《けわ》しい。

だが騎士の制服を着た彼はルイーズたちと違って動揺一つしておらず、一人馬車の近くに立つその姿はとても頼もしく見えた。

「誰か医者を呼んできてくれ！　荷台の下に人がいる！」

雨音や嘶きにも負けない声に、通行人の何人かがハッとして駆け出していく。

一方その場に残ったオーウェンはさらに馬車の方へ近づくと、荒ぶる馬をものともせず、泥《どろ》で汚れたその首筋を優しく擦る。

「落ち着け、今すぐ助けてやる」

そう言ってオーウェンが撫でると、先ほどまでの動揺と興奮が嘘のように、馬はおとなしくなった。

そのままじっとしていろと言うオーウェンの言葉がわかるのか、馬は不安げな目をしながらも、泥の上に静かに横たわっている。

そんな様子をただただ唖然《あぜん》としながら見ていることしかできないルイーズと違い、オーウェンは冷静なままで、今度は荷台の方へと向かう。

転倒した馬車は商人のものらしく、あたりには積荷と思《おぼ》しき木箱が散乱していた。

その中でもひときわ大きな木箱をオーウェンが避けると、横倒しになった御者台《ぎょしゃだい》に人が挟まれているのがルイーズのところからも見えた。

雨音で今にもかき消えそうだが、助けてくれと呼ぶ声はあまりに痛々しい。

その苦しげな声にいても立ってもいられなくなったルイーズは、慌てて店の外へと飛び出したが、ふとこちらを見たオーウェンが、止めるように首を横に振った。

任せておけと言いたげな表情に、ルイーズは思わず踏みとどまる。

その直後、オーウェンは男の側に膝《ひざ》を突くと、わずかに開いた隙間に手を差し入れた。

雨で張り付いたシャツの下でオーウェンの背中がぐっとこわばり、それに合わせて荷台がぎしりときしむ。

「今だ、出ろ！」

オーウェンの声が響いた直後、荷台がほんの少し浮き上がり、御者の男がゆっくりと這い出してきた。

積荷は既に地面に散乱しているとはいえ、荷台の重さはかなりのもののはずだが、オーウェンはそれを一人で持ち上げている。

そのうえ彼はなかなか抜け出せない男を見かね、荷車から片腕を離すと、男の腕をつかんで彼を引きずり出していく。

腕にかなりの負荷がかかっているはずだが、彼は体勢を崩すこともなく、男が外に出るまで荷台を支え続けている。

人より腕力があることは立派な体格から察していたけれど、まさかここまでとは思っていなかった。ルイーズは、目の前の光景に息をのむほかない。

そしてそれは周りで見守っていた人々も同じだったようで、皆安堵《あんど》の表情を浮かべている。

そのころになってようやく、騒ぎを聞きつけた騎士たちがその場に現れたが、彼らの手を借りるまでもなく、オーウェンは男を御車台の下から完全に引きずり出すと、持ち上げていた荷台を静かに下ろした。

「彼を病院に運べ」

いつも聞いているのとは違う、低くて鋭いオーウェンの声に、ルイーズは少しだけどきりとする。

あれほど重い物を持ち上げたあとなのに、息一つ切らさず騎士たちに命令を下す声はまるで別人のようで、ルイーズはつい彼の方へと視線を向けてしまう。

今のオーウェンは、ルイーズに見せる間抜け面が嘘のような真剣な顔で、今更のように彼が騎士団長であることを思い出させた。

（当たり前だけど、ちゃんとしてるときは格好いいんだ……）

その格好よさをまったく知らないわけではなかったのに、近頃の奇行のせいですっかり忘れていたから新鮮だ。

同時に、まじめに仕事をする彼はあまりに凛々しすぎて、ルイーズは目が離せない。

つい先ほどまではもう少し普通だったらよかったのにと思っていたのに、普通どころかいつも以上に格好いい姿を見せつけられてしまうと、何だか逆に落ち着かない気持ちになる。

それまで近しいと思っていた相手が急に遠くに行ってしまったような、寂寥《せきりょう》感を覚えてしまい、ルイーズの心は不快にざわついていた。

「風邪《かぜ》を引くぞ、早く家に入れ」

ついぼんやりしていたルイーズに、慌てた様子で声をかけてきたのはオーウェンだった。

いつもの情けないものとは違う凛々しい声に、思わず言葉に困っていると、オーウェンがルイーズの手を取り本屋の軒先《のきさき》まで引いていく。

「全身ずぶ濡れじゃないか」

指摘されて、ルイーズはようやくハッと我に返る。

オーウェンに見とれるあまり、どしゃぶりになっていたことに気づかなかったらしい。

「大丈夫よ。それより、オーウェンの方が濡れてるし」

「俺はこれくらい平気だ。それにもう、あとを部下に任せて帰れそうだしな」

言いながら、オーウェンは当初の目的を思い出したのか、眉を下げる。

「君と食事をするつもりだったが、この格好では無理そうだ」

それまでの凛々しさがなりを潜め、好物を取られた子どものようにしゅんとする。

そのことに、なぜだかルイーズは少しだけほっとしていた。

「はじめから、そんな予定ないけど」

「でも、さっきここで待っていろと指で示してくれたじゃないか」

「あれは、『本日閉店』の札を指さしたの！」

「閉店だから少し待て、という意味だったのかと」

「帰れって意味よ！」

思わず声を荒らげると、側にいた騎士が少し心配そうな顔でこちらをうかがい始める。

さすがにここでいつものやりとりをするのは人目を引きすぎると気づき、ルイーズは慌てて声を潜めた。

一方オーウェンはまだ何か言いたそうだが、言葉の代わりに彼からこぼれたのは男らしい大きなくしゃみだった。

平気だと豪語していたが、やはり身体は冷えていたのだろう。

立て続けにくしゃみをするオーウェンを見かね、ルイーズは本屋の扉をゆっくりと押し開く。

「拭《ふ》くものと着替えくらいは提供できるから、入って」

「いいのか？」

「父の服しかないから、あなたには少しきついかもしれないけど」

ルイーズの言葉に、オーウェンは珍しく少したじろいながら、本屋に入る。

そのまま扉を閉めてしまうと、外の喧噪《けんそう》が遠ざかり、雨音だけが室内に響いている。

先ほどまでの騒ぎが嘘のような静けさの中、店の奥にある居間で身体を拭く物を探していると、背後のオーウェンがわずかに目を見張る。

「すまない、思っていたより汚れていたようだ」

そう言って彼が指し示したのは、ぬかるみで汚れた彼の身体だ。

荷台を持ち上げるときに膝を突いたせいで、ズボンや靴だけでなくシャツや顔にも泥がついており、それに今更気づいたのだろう。

「店を汚してしまった」

「床だけだし、掃除をすれば済むことよ。それよりほら、シャツを脱いでこれで拭いて」

タオルをオーウェンに手渡すと、ルイーズは父のシャツを取りに二階へと上がる。

まだ捨てられずにいた父の遺品から、なるべく大きめのシャツとズボンを見繕って居間へと戻ると、そこでルイーズは思わず固まった。

「っ……！」

ルイーズの指示に従い、今まさにシャツを脱ごうとしているオーウェンの姿がそこにあったからだ。

こちらから見えたのは彼の背中だけだったが、雨に濡れた背筋が脱衣に合わせて隆起する様は妙に色っぽく、ルイーズはつい赤面してしまう。

（そういえば私、若い男の人の裸って初めて見たかも……）

本の挿絵では何度か見たことがあるけれど、父親以外の肌を間近で見たのはたぶんこれが初めてだ。

それに細かった父の身体と比べると、オーウェンの肉体はあまりに立派すぎて、まるで別の生き物のようにも思えてしまう。

「ん？　どうした？」

だがオーウェンの方は自分が裸であることに頓着していない様子で、むしろ固まってしまったルイーズを怪訝に思っているようだ。

それどころか彼女がまだ濡れていることに気づいたらしく、タオルを持ってこちらへと近づいてくる。

「君も拭かないと、風邪を引いてしまう」

「……っ」

ルイーズにしてみれば、そんなことよりも、目の前に迫った厚い胸板の方が身体に悪い気がしたが、オーウェンはルイーズの頭にタオルをかぶせ、そのままワシワシと拭いてくれる。

「君も着替えた方がよくないか？　顔も少し赤い……」

それはオーウェンのせいだと言いたいのに、ルイーズの口からはなぜか言葉が出てこない。

（駄目だ、これ以上見ていられない……）

彼の身体は逞しすぎて自分には刺激が強すぎると感じたルイーズは、視線を上へ向ける。

すると今度は、こちらを優しげに見つめるオーウェンと視線が交わってしまい、これはこれで恥ずかしい。

「それにしても、雨が降ると店の前の道があんなにぬかるむとは気づかなかった。これは至急舗装《ほそう》作業をせねばな」

そのうえオーウェンは、いつもと違うまじめな顔でまじめなことまで言い出すものだから、ルイーズはついどきっとしてしまう。

間抜け面と馬鹿げた発言ならいくらでもやり過ごせるけれど、どうやらルイーズはまともになった彼を見ると、いつもの調子が出せないらしい。

けれどいつまでも黙っているわけにもいかず、ルイーズは震えそうな声をなんとか絞り出す。

「……そ、そういえば、あの男の人の怪我、大丈夫そう？」

「ああ、見たところ大きな怪我もなかったし、意識もはっきりしていたから大丈夫だろう。だがもし、君が巻き込まれていたらと思うとぞっとする」

頭に置かれていた手が急に優しくなり、オーウェンが灰色の瞳でルイーズをじっと見つめる。

「君にもしものことがあったら、俺はきっと生きていけない」

甘さを含んだ低い声に、ルイーズの胸がうっかり高鳴る。

この手の甘い言葉には耐性があったはずなのに、なぜだかオーウェンの口から出た言葉を聞くと胸がドキドキして止まらず、それが何だかもどかしい。

（この顔……この顔がいけないのよ！）

そう思って視線を落とすと、今度は彼の逞しすぎる身体が目に入ってしまい、それはそれで刺激が強すぎる。

だが上を向けばオーウェンの甘い瞳と目が合ってしまい、心が落ち着かない。

なので仕方なくぎゅっと目を閉じうつむいていると、不意にオーウェンがわずかに身をかがめる気配がした。

その直後、ルイーズの唇に優しい温もりが押し当てられる。

そこでようやく我に返って目を見開くと、凛々しい顔がルイーズから遠ざかっていくところだった。

「い、今……キスした⁉」

「ああ。目を閉じたから」

「目を閉じたからって、何でキスするのよ！」

「えっ、普通するだろう？」

「しないわよ‼」

思わず怒鳴《どな》るが、前に読んだ恋愛指南書に『キスをされたいときはそっと目を閉じましょう』と書いてあった気もしてもっと恥ずかしくなる。

「今のは、そういう意味じゃないの！」

「悪い。じゃあ今度は聞いてからにする」

「今度なんてないわよ」

「俺のキスは嫌だったか？」

真顔で尋ねられると、さっきは感じなかったキスの温もりが蘇《よみがえ》り、ルイーズは慌てて唇を押さえる。

「嫌だったようには見えないが、改善して欲しい点があれば言ってくれ」

「嫌だったし、改善しても二度としないから」

「そんなに俺が嫌いなのか？」

そこで傷ついたように視線を落とす姿を見ると、ルイーズはつい返事に困ってしまう。

「顔を見るのも嫌なら遠慮せずに言ってくれ。さすがに、本気で嫌がる女性からは身を引く」

「顔を見るのも嫌ってほどじゃないけど……」

「それなら、もっと仲良くしたい」

「そ、それは無理……。そもそも私、あなたが人形好きの変態ってことしか知らないし」

自分で言ってから、もう少し優しい言い方をすべきかしらと少し反省したが、言われたオーウェンの方はルイーズの言葉になぜか嬉しそうな顔をしている。

「じゃあ、俺のことを知ってくれ。人形好きの変態であることは事実だが、他はたぶんまともだ」

「たぶん……？」

「いや、絶対に！」

慌てて言い直してから、オーウェンは剣だこのできた分厚い手で、ルイーズの肩を優しく包み込む。

「だから俺を知ってくれ。まずは友達からでもいいから」

熱意に溢れた言葉と、まだ唇に残るキスの余韻《よいん》のせいで、ルイーズはいつものように

オーウェンの申し出を断ることができなかった。

それどころか、ルイーズがろくに言葉を紡《つむ》げないうちに、オーウェンは一方的に次に会う予定まで決めてしまう。

そしてルイーズは、彼の裸からがんばって目を逸らすことしかできず、オーウェンの言葉にただただ頷くことしかできなかった。

第二章

オーウェンの熱意にルイーズが負けた三日後、彼女はカサドの西の外れにある彼の邸宅を訪れていた。

「自分を知って欲しい」というオーウェンの提案をうっかり断りきれなかったルイーズは、彼の熱烈な誘いに乗り、屋敷を訪ねることになってしまったのである。

男性の家に行くなんてと最初は渋《しぶ》ったが、ルイーズと領主であるオーウェンが二人でいれば絶対人目についてしまう。

むしろオーウェンが店に張り付いているせいで、既に二人が付き合っているという根も葉もない噂が流れて辟易《へきえき》していたルイーズとしては、これ以上火に油を注ぎたくなかった。

その結果、「変態に見えるだろうが俺は騎士だ。君が嫌がるようなことは絶対にしない」というオーウェンの言葉に負け、屋敷にやってきてしまった次第である。

訪れたルイーズを最初に歓迎したのは、美しくととのえられた見事な庭園だ。邸宅の外観も、貴族のそれにありがちな無駄な豪華さはなく、どことなく無骨な威厳を感じた。

屋敷の内部には、その外観にふさわしい品の良い調度品が配置され、案内された応接間に置かれた家具も華美ではないが質の良さそうなものだったので、ルイーズは自分がここにいるのは場違いなのではと思わずにいられない。

オーウェンの言動が言動なので普段はあまり緊張などしたことはないが、こうして彼を待っていると胃までキリキリと痛んでくる始末だ。

(変態だけど、あの人一応領主様なのよね……)

そんなことを今更思い出すのと同時に、確かに自分は、オーウェンという男をまるで理解していなかったのだということにも気づく。

彼が領主として有能だという話は聞いていたし、騎士として立派だということもルイーズは知っていた。

むしろ後者については、ルイーズも身をもって理解している。

昨日の救出劇はもちろん、彼が街で仕事をしている姿は何度も見ているし、初夏のころ、親友のハイネが巻き込まれた殺人事件の折に、オーウェンも騎士として犯人逮捕に尽力してくれたのだ。

その事件で彼はひどい怪我を負い、ルイーズもそのときは何度も病院へ赴《おもむ》き、彼を見舞った。

そのときは、命がけで剣をふるう彼の姿を好ましくも思っていたし、たぶん好きになりかけていたのだ。

けれどオーウェンは、そのときルイーズに感謝はしてくれたが、今ほど好意を示してくれていなかった。

好意を寄せられているのは見え見えだったけれど、「好き」や「愛している」という明確な言葉を伝えられたことはなく、そのことに引っかかりを覚えているうちに、気持ち悪い発言やつきまとい行為ばかりが増え、せっかく上がっていた好感度も急落して今に至る。

だから昨日の救出劇を見るまで、ルイーズは彼の格好いいところをすっかり忘れていた。

いや、もしかしたらあえて見ないふりをしていたのかもしれない。

「悪い、待たせてしまったな」

ようやくオーウェンの格好いいところを思い出した矢先、本人が少し慌てた様子でやってきた。

詫びを入れられるほど待ったわけではないが、気にしないでと言いかけた言葉はルイーズの口から出てこなかった。

その理由は、オーウェンの服装にあった。

彼は普段身につけている騎士団の制服ではなく、シャツとズボンというラフな格好だった。

特に宝飾品も身につけず、簡素であるがゆえに彼の逞しい体軀を強調する装《よそお》いは、『女盗賊フェデーナ』に出てくる盗賊とますますそっくりで、ルイーズは言葉どころか呼吸すら忘れてしまう。

一方オーウェンは物言わぬルイーズが怒っているのだと勘違いしたのか、慌てた様子で彼女の側に膝をつく。

そのとたん、薬を思わせるつんとしたにおいがルイーズの鼻腔《びこう》をくすぐった。

不思議に思ってオーウェンの姿をよく見ると、大きく開いたシャツの胸元から包帯の一部が覗《のぞ》いていた。

「もしかして、怪我の治療中だったの？」

「ああ。なかなか病院に来ないからと、医師に乗り込まれてな」

おかげで遅れてしまったと、オーウェンは襟元をととのえる。

「それなら、私の予定をずらしてもよかったのに」

「君との予定以上に、優先したいことなんてない」

ルイーズが怒っていないとわかったからか、オーウェンは彼女の隣に腰を下ろす。

近すぎず、けれど会話をするには遠すぎることもない絶妙な距離に、ルイーズは彼にもちゃんと配慮ができるのだなと失礼なことを考えてしまう。

「でも、私のせいで怪我が悪化したら嫌だわ」

先ほど見えた包帯の場所から察するに、おそらく彼の傷は親友が巻き込まれたあの事件でできたものだ。

昨日は緊張のせいで身体などまともに見られなかったし、当時も、たいしたことはないと怪我の程度は教えてくれなかったけれど、それ以来、彼はカイルに仕事の一部、特に騎士団の仕事を任せているらしい。

もしかしたら、ルイーズが思っている以上にオーウェンの傷は深かったのかもしれないと思うと、少しだけ心配になってしまう。

「病院にはちゃんと行かなきゃだめよ。小さな傷が悪化して、死に至ることだってあるんだから」

怪我や病気は、甘く見てはいけないということをルイーズは痛いほど知っている。

彼女の両親も、ただの風邪だと思っていた症状が急に悪化し、あっという間に死んでしまった。

二人して咳をしていることに気づいていたのに「風邪を引くのも一緒なんて、本当に仲がいいわね」と暢気《のんき》に構えていたくらいだ。

だがその三日後、二人の熱は恐ろしいほど高くなり、そのまま帰らぬ人となってしまった。

それを思い出して青い顔をしていると、不意にオーウェンがルイーズの頭に大きな手のひらをのせる。

突然のことに驚くと、彼は子犬でも撫でるようにわしわしとルイーズの頭を撫でた。

「安心しろ、こんな傷で死ぬようなやわな身体じゃない。包帯だって普段はしていないが、昨日の一件で少し痛みが戻ったと言ったら、大げさに巻かれてしまっただけだ」

そう言って微笑む彼は、確かに少しの傷で死んでしまうようなか弱い人には見えない。

オーウェンは、ルイーズが今まで出会ってきた男の中では大柄な方だからそう思うのだろう。見上げなくては顔が見えないほど背も高く、何かの弾《はず》みで彼の身体に触れたときも、その岩のような硬さには驚いたほどだ。

オーウェンと並んで遜色がないのは、ハイネの恋人であるカイルくらいで、騎士団の中でも彼らほど逞しい身体つきをした者はいない。

元々、体格に恵まれていたのだろうけれど、きっとルイーズの知らないところで彼は鍛《たん》練《れん》を重ねているに違いない。

「傷ならもう数え切れないほどあるし、怪我との付き合い方は心得ている。だから、俺は大丈夫だ」

優しいその声と、ルイーズを見つめる瞳は、彼女の中の不安に気づいているようだった。

（もしかしたら、オーウェンは私の両親のことを知っているのかしら）

安心させるように頭を撫で続けるのは、オーウェンに抱いた不安だけでなく、思い出してしまった寂しさを拭うためのようにも思える。

　ハイネに探りを入れていることから察するに、もしかしたらルイーズの身の上についても色々と聞いているのかもしれない。

　自分の心に踏み込まれるのは嫌だったし、弱音を漏らすのは控えていたけれど、こうして彼に頭を撫でられていると、不安や寂しさが少しずつほぐされていくのがわかる。

（頭を撫でられてほっとするなんて、まるで子どもみたいじゃない……）

　そんな自分が情けないのに、いつものように「やめて」とその手を振り払えないのは、いつになく彼との距離が近いと感じるからかもしれない。

　制服姿ではない今日の彼は、妙に親しみやすく、それが彼との距離感を狂わせているのだろうと、彼の手にほだされた自分にルイーズは言い訳を重ねる。

「なんかちょっと元気もないようだし、今日はゆっくりしてってくれ」

　いつもの調子が出ないルイーズに気づいているのか、オーウェンは笑顔でそんなことを言う。

「ゆっくりするなら、家でするわ」

「そうつれないことを言うな。君が好きなものなら、ここにもある」

　だからおいでと、頭を離れた手がさりげなくルイーズの手を取り、ソファから立ち上がらせた。

そのままさりげなく腕を組み、オーウェンはそつのない様子でルイーズのエスコートをする。

そのさりげなさに驚くと同時に、必要以上に緊張してしまったのは、彼からこんなふうに女の子扱いをされたのがかなり久々だったからだろう。

会うときはたいてい、オーウェンの腕には人形が抱かれていたし、彼が男らしいことをする前に追い返してしまうのが常だった。

食事は断りきれずに一緒に取ることも多く、そのときは給仕をしてくれたり椅子を引いたりはしてくれるものの、持ってきた人形にも同じことをするので特別扱いされている気がしなかったのだ。

けれど今、彼が腕を回しているのはルイーズだけだ。

それに何より、今のところ人形の話題は一度も出ていない。

ただそれだけでこんなに男っぷりが上がるとは思っていなかったため、ルイーズは非常に戸惑ってしまう。

「さあ、ついたぞ」

ルイーズはハッと我に返り、オーウェンが立ち止まったことに気づく。

「ここは……？」

「図書室だ」

「えっ、そんなところがあるの？」

「その顔、俺が本を読むとは思ってもなかったって感じだな」

「それは……」

「隠さなくていい。『お前みたいなおしゃべりなやつが本を読むようには見えない』って、よく言われる」

苦笑しながらオーウェンは扉を開け、ルイーズを図書室へと促す。

「中へどうぞ」と扉を押さえる仕草にすらドキッとしてしまう自分を悔しく思っていたが、部屋に足を踏み入れた瞬間、ルイーズは緊張や戸惑いを忘れた。

「すごい！　こんなに立派な図書室があるなんて！」

てっきり小さな部屋だと思っていたが、案内された図書室は二階部分が吹き抜けになっていた。

壁一面に本棚が並び、鉄製の螺旋階段《らせんかいだん》で上に上がればそちらにも本棚がずらりと並んでいる。

「作者別に並んでいるの？　それとも年代順？」

「おおむね本の内容ごとに分かれているが、基本は作者別だ」

「ここは小説かしら」

「一階部分は小説と、俺の仕事に関する本だな。戦術書などはこちらにある」

オーウェンの説明に耳を傾けながらも、ルイーズはうずうずとして落ち着かない。

書店を営むルイーズでさえ読んだことのない本が、ざっと見ただけでもたくさんあるのだ。

(読みたい、すごく読みたい……!!)

「読みたいか?」

「わっ、私、口に出してた?」

「顔を見りゃわかる」

照れくさくなってルイーズは顔を背けるが、オーウェンが笑っているのは雰囲気でわかった。

「好きに見ればいい」

「でも……」

「ランチをしながらおしゃべりするだけのデートより、君はこっちの方が好きだろ?」

気を遣わせてしまったのか、自分も何か読むと言ってオーウェンはルイーズの側を離れる。

お互いに本を読んでいるだけだなんてデートとは言えないけれど、彼が構わないと言うなら遠慮するのは損だし、ここはありがたく読ませてもらおうとルイーズは心を弾ませる。

(でもどうしよう、読みたいものが多すぎて選べないわ)

オーウェンの図書室には、さほど有名ではない作家の本が多いようだが、それが余計にルイーズの心をわくわくさせる。

本屋を営んでいると、売り上げの良さそうな本を選んで仕入れなければならないため、名前の売れていない作家の本はなかなかお目にかかる機会がないのだ。

だがこの図書室には、今まで気になりつつも諦めていた宝の山が眠っている。可能なら全部読みたいと思ってしまう。

（あれ……）

だがそんなとき、ルイーズはある一つの本棚に違和感を覚えた。

（なぜかしら、この本だけ位置がおかしいわ）

シリーズものの小説が並ぶ中に、一冊だけ園芸に関する本が紛れ込んでいた。

職業病か、ルイーズは本の並べ間違いがついつい気になってしまうのだ。

そのうえ、その紛れていた本はルイーズさえ知らない著者のもので、彼女は何気なく、本の背表紙に指をかけ、手前に傾ける。

カチリ、と紙の本にそぐわぬ金属音がしたのはその直後だ。

「へ？」

ルイーズの間抜けな声をかき消す大きな音を立てて、突然、本棚が手前にせり出してくる。

（これって、もしかして隠し扉？）

貴族の屋敷にはこの手の仕掛けがあると聞いていたけれど、自分が見つけてしまうとは思わなかったルイーズは、慌てるほかない。

（どうしよう、オーウェンを呼んだ方がいいのかしら？）

そう思うものの、彼は二階に上がってしまっているのか、しばらくこちらに来る気配はなさそうだ。

その間にも本棚は完全に開ききってしまい、隠されたその部屋はゆっくりと姿を現す。

「うっ……」

図書室の明かりが隠し部屋へと入り込み、その全容がルイーズの眼前に晒《さら》されると、彼女の口から悲鳴にも似たうめき声がこぼれた。

そこでようやく、本を手にしたオーウェンが戻ってくるが、ルイーズは隠し部屋から逸らすことができない。

「よりにもよって、それを見つけたか……」

オーウェンの低い声でようやくルイーズは我に返るが、彼女はまだ隠し部屋を凝視したままだ。それくらい、中は異様だった。

「あの、これは……」

「俺の愛しの娘たちだ。普段は外に出しているんだが、君は苦手だろうと思ってここに避難させていた」

「つまり、普段はこれがすべて屋敷のどこかに置かれてるってこと？」

ルイーズがそう言って指さしたのは、隠し部屋の中に所狭しと置かれている人形たちだ。

棚や床の上に置かれている人形たちは、軽く四十は越えるだろう。

驚きのあまり、うっかり質問をしてしまったのだが、オーウェンはどうやらルイーズが人形に興味を持ったと勘違いしたらしい。

やけににこにこした顔で、隠し部屋の中から二つほど、人形を持ち出してくる。

「ここのはいつも俺のベッドルームに置かれているやつだ。このほかにも三つほど人形部屋があって、そこにもっとある」

「三つ!?」

「見てみるか？」

「い、いい！　見たくない！」

勢いよく突っぱねると、オーウェンは自分の誤解に気づいたらしい。

「やっぱり、人形は好きじゃないか……」

そう言って落ち込む姿は何だか哀れで、ルイーズはほんの少しだけ申し訳なくなる。

そのまま、なんと声をかけたらいいか悩んでいたところで、不意に浮かんだのはハイネの言葉だ。

『ちょっと話せば、いい人だってわかるかもしれないわよ？』

いつもなら、人形好きなオーウェンにげんなりして、彼を突っぱねてしまう。

けれどよくよく考えれば、これほどまでに病的な人形好きには何か理由があるはずだ。

それも知らずにただただ拒絶するのは、自分やハイネを見た目だけで判断する周りの人と何も変わらない。

「前々から思ってたんだけど、どうしてそんなに人形が好きなの？」

「かわいいだろう？」

「かわいいのはわかるけど、普通はこんなに集めないわ」

人形からオーウェンへと視線を移して尋ねると、彼は言葉を詰まらせる。

もしかして言いたくない理由があるのだろうかと思っていると、オーウェンは少しためらったあと、ルイーズの腕を優しく引いた。

「ついてきてくれ」

いつもと違うオーウェンの様子が気になって、ルイーズは素直に従う。

オーウェンがルイーズを連れてきたのは、彼の寝室だった。

そこには見慣れた人形が、一体だけ置かれていた。

「あれって、私に似てるルルちゃんよね？」

「これだけはしまえなくてな。……妹が、大事にしてたやつだから」

そう言って愛おしそうに人形を抱き上げる姿は少し異様だけれど、今はそれを咎める気にはなれない。

彼が今にも泣きそうに見えたからだ。

「人形は、俺の死んだ妹が好きだったんだ。貧乏だったから、このルルしか買ってやれなかったけど」

どこか懐《なつ》かしそうに目を細め、オーウェンはルルの頭を撫でる。

「たった一つの形見だから、ガキのころはいつも持ち歩いてたんだ。そうしたらなんか妙に愛着がわいちまって、それが行き過ぎて、今ではルルがいないと落ち着かないっていうか」

意外な過去にルイーズは驚いたが、それが本当なら、人形に執着してしまう気持ちも理解できる気がする。

「形見を大事にする気持ちは、わかるわ」

ルイーズにとってそれは書店で、寂しいときや悲しいときは本に没頭《ぼっとう》するのが常だ。

家族はもういないけれど、残してくれたものにはまだ彼らの想いが残っている気がして、それにすがりたくなる気持ちはわかる。

「妹は、大きくなったら人形がいっぱいある家に住みたいって言ってたんだ。だからこうして色々そろえてたら、どんどんはまって……」

「こんなに増えてしまったのね」

「いやぁ、年を取って金が稼《かせ》げるようになると際限《さいげん》がなくなるから怖いな」

オーウェンは冗談めかして笑うけれど、今もこれほど人形に固執しているということは、彼の中にはまだ、妹を失った悲しみが残っているのかもしれず、これまで頭ごなしに咎めてしまったことに罪悪感が生まれる。

「妹さんの大切な人形だったのに、色々言ってごめんなさい」

「構わないよ。それに、これだけ似てると驚いただろうし」

そう言って差し出された人形は、これまでほど不気味に感じないけれどやっぱり少し奇妙な気がする。

まるで双子のように、ルルとルイーズはそっくりで、オーウェンが運命を感じるのも無理はない。

「もしかして、君の親戚に人形師がいたりしないか？」

「そんな話は聞いたことがないわね。そもそも、戦争で親戚のほとんどは死んでしまったし、残っているのは叔父だけだから」

「じゃあ、本当に偶然か」

「金髪と青い瞳はイルヴェーザ人の典型的な特徴だから、それで似てるって思うだけかも」

「金髪と青い瞳の女の子はいるが、人形みたいに美しいのは君だけだ」

さらりと挟まれた褒め言葉に思わず頬を染めると、オーウェンはルルを枕の側に置き、ルイーズとの距離を詰める。

「あまりに美しくて、君の前だと俺はうまく言葉を紡げなくなる」

「でも、今は歯の浮くようなこと言ってるじゃない」

「ようやく、調子が出てきたってことかな？」

茶化すように言いながら、オーウェンはそっとルイーズの髪を指でもてあそぶ。

「そっ、そういう台詞、今までどのくらいの人に言ってきたの？」

「心からそう思えたのは君だけだ」

「それってつまり、私が人形に似てるからよね」

「最初はそうだったが、今は他にも理由がある気がする」

そんな言葉と共に、灰色の瞳にじっと見つめられると、ルイーズの身体は縫い付けられたようにその場から動けなくなる。

先ほどの甘い言葉に腰が砕けてしまったのだろうかと内心慌てるが、身体はやはり動いてはくれない。

気がつけばオーウェンがわずかに身をかがめ、ルイーズの顔を覗き込んでいた。

（これってまた、キスの前触れ？　どうしよう、こういうとき、どうすればいいの……!?）

恋愛小説なら何十冊も読んできているのに、対処の仕方はまるで浮かんでこない。

友達にはああしろこうしろとアドバイスをしたこともあるのに、いざ甘い雰囲気になると、頭はちっとも働かず、ルイーズは自分が情けなくなった。

（いや待って。そもそも、どうして私、彼のキスを受け入れようとしてるの……？　ここは拒《こば》むべきよね……、私たちまだそういう関係じゃないし……）

そう思うのに、ルイーズが表情をこわばらせたとたん寂しげに笑うオーウェンの顔に、胸の奥がきゅっと締め付けられる。

「こんな、人形好きの男に言われても気持ち悪いかもしれないが、君を知り、もっと深く愛したいという気持ちにいつわりはない」

「……気持ち悪いって思ってたのは確かだけれど、それを言ったら私も本好きの変人だし」

思わず言い返してから、ルイーズはふと、今までオーウェンを拒みきれなかった理由がなんとなくわかった気がした。

（私たち、少し似てるのかも……）

外見と内面に差があるところや、何かに強く執着しているところが二人はよく似ている。

そしてそれらで家族を失った悲しみを癒やしているところも、同じだ。

ルイーズは本、オーウェンは人形に執着することでお互いの中の孤独と戦っている。

誰かをこんなにも自分と重ねたのは初めてで、だからこそ彼の痛みと孤独が少しでも和らいで欲しいと思う。この感情が恋なのか、同情なのかはわからないけれど、オーウェンに触れられると、彼が特別な存在になりかけていることはわかった。

そしてオーウェンもまた、ルイーズと同じように自分自身の感情を探しているように見えた。

「キスを、してもいいだろうか？」

「なっ……何で……聞くのよ」

「今度は、事前に確認すると約束したからな」

吐息が触れるほどの距離に顔が近づいたかと思えば、オーウェンが突然そんなことを言い出す。

「いいか？」

「だから、聞かないで……！」

「でも、突然したら君は逃げてしまうだろう？」

「だって、それは……」

恥ずかしいという気持ちすら言葉にできず、ルイーズは照れくさくて目を伏せる。

けれど拒むことはできなかった。

キスをすれば、お互いの気持ちに答えが出るような気がしたからだ。

「嫌なら、拒んでくれ」

その気持ちはオーウェンも同じなのか、彼は甘い囁きと共に、ルイーズの唇を優しく奪う。

穏やかな触れ合いにルイーズの身体からゆっくり力が抜け始めると、オーウェンの腕が彼女をふわりと抱きしめた。

一瞬で終わると思ったキスは思いのほか長く、それどころか彼はルイーズの口内に巧《たく》みに舌を差し入れてくる。

いきなりキスが深まると思っていなかったルイーズは拒むこともできず、オーウェンに優しく舌をからめとられ、翻弄されていく。

「緊張……してるのか？」

キスの合間にこぼれた笑い声に、ルイーズは馬鹿にされたような気分になってムッとする。

「そ、そんなことないわ」

「だけど、顔がこわばっているぞ」

頬を撫でる指先にからかいの意図を感じて、ルイーズはついむくれてしまう。

馬鹿にされると意地になるのは悪い癖だとわかっているけれど、彼に笑われたのが悔しくて、ルイーズはオーウェンの襟元をつかんで引き寄せ、彼の唇に顔を寄せた。

(私だって、キスくらいできるわ)

本当のことを言えば、昨日の不意打ちがルイーズにとってのファーストキスで、今日のこれが二回目。つまりキスの経験なんてこれっぽっちもない。

けれどそれを悟られたらもっと笑われてしまう気がして、ルイーズは食らいつくように強烈なキスをオーウェンにお見舞いする。

ちゅっと音を立てて放せば、オーウェンは唖然としてこちらを見つめていた。

そのことに気をよくして、思わずフフンと鼻を鳴らした直後、頬に当てられていたオーウェンの手が離れ、ルイーズの腰をがっちりつかんだ。

「えっ？」

そのままふわりと足が浮いたかと思えば、ルイーズの身体は側にあったベッドの上に横たえられる。

ふかふかのベッドに背中から倒れ込み、わずかに跳《は》ねた身体を起こそうととっさにシーツを握りしめたところで、オーウェンがルイーズに覆い被さるように彼女の脇《わき》に手をついた。

「情熱的な女性だという噂は聞いていたが、ここまでとは思ってなかったよ」

「う、噂って……？」

「『ルイーズ嬢は美しく、そして情熱的な愛情表現をする女性だ』と街で聞いたんだ。ハイネちゃんの語る印象と少し違うから嘘かと思っていたが、すべて間違いというわけではないらしい」

「嬉しいよ」と、オーウェンは好意的にとらえているようだが、実際に流れている噂は、『異性にすぐ身体を許す、奔放な女性』といったものだろう。

もちろんそんなことはないし、恋人すらいたことがないのだが、いつの間にやら世間は、ルイーズを恋多き女だと思っている。

それが転じて、その手の行為が非常にうまいと噂にもなっているようで、ルイーズと一夜の関係を求める男性も多いのだ。

これまで恋人がいたことがないルイーズは、うまいどころか経験すらしたことがない。恋愛や性行為に対して奔放なイルヴェーザ人は、結ばれるまでの期間が短い場合が多いが、ルイーズに至ってはキスにすらたどり着けない有り様だった。

（どうしよう、絶対誤解されてる……）

意地になったキスがオーウェンを煽る結果になるなんて思ってもみなかったルイーズは、弁明しようと口を開く。

「……んむっ」

けれど唇はすぐにからめとられ、呼吸すらも貪《むさぼ》るような勢いでオーウェンはキスを深めていく。

驚いて逃げようとするルイーズの舌は容易《たやす》くとらえられ、なすすべもなくオーウェンの舌にしごきあげられる。

「……ぁぅ……む」

抵抗の声はまるで自分のものではないように甘く震えて、意味のない言葉しか出てこない。

それでも抗《あらが》おうと必死に舌を動かすけれど、逆にくちゅくちゅと淫《みだ》らな音を立てながら、舌を絡ませ合うことしかできなかった。

（舌……外れない……それに頭も……ぼんやりしてきちゃう……）

そのまま身体から力が抜けていき、シーツをぎゅっと握りしめていた指も少しずつほどけていく。

いつしか二人の距離はほとんどなくなっていて、ルイーズに覆い被さるオーウェンの逞しい胸板が彼女の乳房と接している。

もちろんお互いに服は纏《まと》っているが、長いキスと共に高まった熱がはっきりと伝わってきて、まるで裸で抱き合っているような気分にまでなってしまう。

けれどルイーズは嫌ではなかった。

相手は自分よりずっと大柄で、逞しくて、無理強いをされたら抵抗すらできない相手なのに、まったく怖いとは思わない。

「最初のつたないキスは演技だったのか？　ずいぶんと、うまいじゃないか」

長いキスが終わり、オーウェンがルイーズの耳元でぽつりとこぼす。

「演技なんかじゃ……」

「じゃあ、緊張していたのか」

ならほぐれてよかったと笑い、もう一度今度は触れるだけのキスをする。

だが深いキスの良さを知ってしまったルイーズはそれだけでは物足りなくて、まるでねだるようにトロンと蕩《とろ》けた瞳を向けてしまう。

その目が遠ざかっていくオーウェンの唇を追っていることにルイーズは気づいていなかった。

オーウェンは苦笑を浮かべながらもう一度、ついばむようにルイーズの唇を奪った。

「そういう顔は、苦手だったはずなのにな……」

「苦手って……？」

「独り言だ。それより、君さえよければもう少し進んでも構わないか？」

進むとはいったいどういうことだろうかと思ったが、キスの余韻に震える唇からは、尋ねる言葉がうまく出てこない。

だから代わりに小さく首をかしげると、オーウェンの表情がぞくりとするほど色香を帯びる。

「紳士的に進めるつもりだったが、そんなふうに誘われたら男として引けねぇな」

普段よりも乱暴な口調で髪を掻き上げるオーウェンは、ルイーズの大好きな盗賊そのままで、思わず目を見開いて、じっと彼を見つめてしまう。

その眼差しは、彼からしたら何かを期待しているようにも見えるのだが、もちろんルイーズはそんなことには気づかない。

「そんなに煽るな」

「えっ……？　んむ…ッ！」

先ほどよりもっと荒々しく唇を奪われた直後、不意にざらりとした何かがルイーズの膝に触れた。

驚いて視線を下半身に向けると、いつの間にか纏っていたロングスカートがたくし上げられ、ドロワーズがあらわになっている。

その上をゴツゴツとしたオーウェンの手が這うと、ルイーズの身体がわずかにこわばる。

「そうやって身を硬くしていると、まるで本物の人形のようだな」

けれどそれが、オーウェンにはたまらなかったのだろう。

彼は膝を優しく撫でたあと、手を太ももの方へと滑《すべ》らせていく。

「ひゃっ……うっ……！」

無骨な指で太ももの内側を撫でられた瞬間、背筋を何かが駆け上り、ルイーズの口から声がこぼれてしまう。

くすぐったさと気持ちよさとが混ざり合った初めての感覚に驚き、オーウェンの身体を慌てて押しのけようとしたけれど、逞しい彼の身体はいくら押してもびくともせず、彼の愛撫は深くなるばかりだ。

(何これ……変な…感じがする……)

今まで他人に触れられたことなどない場所なのに、嫌な気持ちは不思議と芽生えない。恥ずかしさは確かにあるけれど、オーウェンの指が肌を撫でると、そこからじんわりと熱が溢れて、心地よさはどんどん増していき、もっと触れて欲しいとまで思ってしまう。

(私、おかしいのかな……)

この屋敷に来るまでは、まさか彼とこんな触れ合いをするなんて思ってもみなかったのに、今のルイーズの身体はオーウェンの存在を受け入れようとしているように思えた。

まだオーウェンの人となりだってわかっていないし、恋人になろうという話すら出ていない。

なのに先ほどのキスを境に、ルイーズの中で何かが変わってしまった。

だがそれが何なのか、ルイーズにはまだわからない。オーウェンのもたらす熱があまりに甘美で、正常な思考が保てない。

「……あッ……！」

太ももの内側を撫でていたオーウェンの手のひらが、ルイーズのドロワーズを引き下ろしていく。

スカートをたくし上げられたままドロワーズを下ろされて、ルイーズの秘処がオーウェンの前に晒されてしまう。

恥ずかしくて慌てて手で隠そうとしたけれど、ルイーズの小さな手は、オーウェンの大きな手にいとも簡単に捕まってしまった。

「少し、じっとしていろ」

両腕を頭の上まで持ち上げられると、手首が何かできゅっと縛り上げられる。

見ると、枕元に置かれていたルルのドレスの飾りリボンを使い、オーウェンはルイーズの手首を縛り上げてしまっていた。

「そのまま、手は上だ」

手首を縛られているだけだから、腕を下ろすことはできるはずなのに、低い声で命令されるとなぜか抗えない。

それでもせめて秘処だけは隠そうと太ももを合わせるが、逞しいオーウェンの前ではあまりにささやかな抵抗だ。

膝を曲げた状態でそのまま太ももを左右に押し開かれ、ルイーズの秘処はあっけなくオーウェンの前に晒されてしまう。

「君は腰も、足も、そしてここも、まるで人形のように美しいな」

「……ンっ！」

オーウェンに花弁を撫でられ、思わず声が引きつる。

そのまま優しく擦られると、腰の奥がむずむずと疼《うず》き、ルイーズの花弁からしっとりとした蜜が溢れ出す。

溢れ出した蜜はオーウェンの指にからみつき、蜜壺の奥へ誘いこんでいるようだった。

「……やぁ……触らない……で……」

「やめていいのか？　ここは、俺の指を欲しがっているようだが」

「……ふぁっ、んッ……！」

「もう、指の先端が入っちまったぞ？」

蜜に濡れたオーウェンの指先が花弁の奥へと呑み込まれていくのを感じながら、ルイーズはぎゅっと目をつぶる。

「だがこの先はずいぶんきついな。まだ緊張しているのか？」

さらに奥へと侵入を試みるオーウェンの指に、ルイーズは慌てて腰を引く。

それに合わせてオーウェンは一度指を抜いたが、そこでやめるつもりはないのか、襞の間を指で何度も何度も撫で上げる。

「ひゃっ……！」

「ここが、気に入ったか？」

襞を掻き分けていた指先が最後に行き着いたのは、ぷくりと熟《う》れたルイーズの肉芽で、そこを強く擦られた瞬間、肌が粟立《あわだ》ちルイーズの腰がびくんと跳ねる。

「あぅ……ンッ、……あっ！」

肉厚なオーウェンの指で柔らかな膨《ふく》らみを強く刺激されるたびに、ルイーズの口から淫《いん》猥《わい》な声がこぼれ出す。

「ねだらなくても、ちゃんと触ってやる」

「ねだって……なんか……」

「腰、動いてるぞ」

「んンっ、だめ……ッ」

「もう一度中もいじってやる。そろそろほぐれているだろう」

親指で肉芽をいじったまま、オーウェンの人差し指が襞の間にぐっと割って入る。

「やぁ……しないでっ……」

彼の節くれ立った指が入り口をさらに押し開くと、異物感と痛みにルイーズの目から涙がこぼれた。

「やっ、痛いっ、だめ……!!」

髪を振り乱しながら懇願《こんがん》するルイーズに、オーウェンが指の動きをゆるめる。

そこでようやくルイーズの涙に気づいたのか、彼は慌てて指の動きを止めた。

「悪い、強引すぎたか？」

なだめるように太ももを擦られて、そこでようやくルイーズも落ち着きを取り戻す。

感じたことのない痛みと痺《しび》れに取り乱し、痛いと告げてしまったけれど、いざ指の動きが止まると、なぜだか物足りないような気分になる。

そんな自分に戸惑いを覚えながら、ルイーズは涙を手の甲で拭った。

「ごめんなさい、初めてだからその……取り乱してしまって」

「……初めてだって？」

戸惑う彼の顔に不安を覚え、ルイーズは慌てて取り繕う。

「あの、嫌なわけじゃないの。こういうことしたことがなかったから、訳がわからなくなってしまって……」

でももう落ち着いたからと言いながら身体を起こしたところで、くわえ込んだままの指が奥にあたり、痛みを感じたルイーズは思わず顔をしかめた。

そのとたん、オーウェンが慌てて指を引き抜き、飛び退くようにしてベッドから降りた。

「すまない……こんなつもりは……」

唇を震わせながらそう告げたオーウェンは顔面蒼白《そうはく》だった。

そのまま彼は、目を覆うようにしてこめかみを手で押さえ、うつむく。

先ほどまでの荒々しさからは想像のつかない苦しげな姿に、むしろルイーズの方が慌ててしまう。

「いいの、私は大丈夫なのよ。ごめんなさい、本当に、隠すつもりはなかったの。ただその、初めてだって言えなくて……」

つたないキスを笑われ、意地になってしまったのだと素直にルイーズは告白するが、オーウェンはただ黙ってうつむくばかりだ。

「オーウェン？」

様子のおかしい彼が心配になって、ルイーズは服をととのえながらオーウェンに近づいた。

苦悶《くもん》の表情を浮かべる彼を見ていられず、そっとオーウェンの肩に手をかけようとしたそのとき、彼はため息と共にかすれた声で呟いた。

「処女相手だと、俺は……。やっぱり、人形じゃなきゃ無理だ……」

震える声に、ルイーズは伸ばしていた腕をゆっくりと下ろす。

初めてだと言えなかったのはルイーズの落ち度だけれど、だからといってそこまで悲痛な声を出さなくてもいいではないかと思わずにはいられない。

「それってつまり、私とするのは嫌ってこと……？」

ルイーズの言葉に、オーウェンが弾かれたように顔を上げる。

そこでようやく、彼は我に返ったように口を開くが、彼が話し出すよりも早く、ルイーズは立ち上がった。

「そんなに人形がいいなら、無理して私とするんじゃなくて、一生、ルルとキスしてたらいいんだわ！」

胸にあるのはただただ悲しい気持ちだったのに、ルイーズの口からこぼれたのはオーウェンを責めるような言葉だった。

明らかに彼の様子はおかしいし、何か訳がありそうだというのもわかるけれど、ルイーズだって、これが初めての体験なのだ。オーウェンの言葉に傷つけられて、どうしても冷静に言葉を紡ぐことができない。

「私、帰る」

「待ってくれ、今のはっ！」

「もう何も聞きたくない！」

怒鳴ると同時に、目頭が熱くなり涙がこぼれそうになる。

けれど泣いているところをオーウェンに見られたくなかったルイーズは、そのまま逃げるように部屋を飛び出したのだった。

第三章

（こいつは、こんなに駄目なやつだっただろうか……）

　カーテンの閉め切られた薄暗い騎士団長室の奥、机に突っ伏したままぴくりともしない親友を見て、カイルは大きなため息をついた。

『今日こそ、あの子をものにしてくるぜ！』と、オーウェンが意気揚々《いきようよう》とカイルに宣言したのは先週のこと。その浮かれ方に嫌な予感はしていたが、案の定その翌日からオーウェンはこの有り様である。

　必要最低限の仕事はするが、如何せん覇気《はき》がない。生気もない。いつ見ても目が死んでいる。

　そうなった理由はどう考えても、ものにすると言っていたルイーズなのだろう。

「あの完璧な団長が壊れた」と騎士たちも心配そうに噂するようになってきたので、そろそろなんとかせねばと思うのだが、色恋沙汰《いろこいざた》に疎いカイルはなんと声をかけたらよいかがわからず、結局今日まで解決方法を見つけられずにいた。

(だがそろそろ、元気になってもらわないと困るな)

再来週には、オーウェンと二人で出席しなければいけない式典が王都で催されるから、そろそろ街を出る準備だってしなければならない。

だが生ける屍《しかばね》となったオーウェンは「あー」とか「うー」以外の言葉を発してくれず、何一つ準備が進んでいない。

「オーウェン」

団長机に突っ伏したままの親友を乱暴に揺すると、生気のない顔がカイルに向けられる。相変わらず、目は死んでいた。

「……話くらいなら、聞くぞ」

口べたであるため、会話を引き出すためにカイルが口にできたのはそれだけだった。

二人は親友で、オーウェンの悩みを聞くことはこれまでにもあったが、たいていの場合、彼の方から勝手にしゃべり出すので、こういう状況には慣れていない。

「悩みでも、何でも話せ」

それで彼の生気が戻るかはわからないが、少なくともこうなった理由をきちんと聞かなければ解決できるものもできない。

だから話せと、オーウェンをじっと見つめると、ようやくかすれた声がこぼれ出す。

「よりにもよって、あの子の前で思い出しちまったんだ……」

「思い出したとは」

尋ねると、オーウェンはもう一度机に顔を伏せる。

その様子に困惑しながらも、根気よくオーウェンの反応を待っていると、五分ほどしてようやく、くぐもった声が漏れ聞こえてきた。

「リリィのことだ。急に、あいつが死んだときの情景が目の前に浮かんで、そしたら一瞬我を忘れた……」

リリィという名前を聞き、カイルはオーウェンの思い出したという内容に察しがつく。

リリィはオーウェンの妹で、カイルたちが十二歳のころ、暴漢に襲われて亡くなった。人形が好きなかわいらしい子だったが、そのせいで暴漢に目をつけられ攫《さら》われてしまったのだ。

ようやく見つけたころには、リリィはひどく乱暴されたあとで、医者に診《み》せたが手遅れだった。

それからオーウェンは、毎夜のように妹の死に様を夢に見ていたようだ。

そんな自分が情けないといつも言い、そして弱い自分と決別したいからと、二人で身体を鍛え、傭兵団に入ることを決意したのだ。

だが、立派な騎士となった今でも、あの時のことは忘れられないのだろう。

カイルも、仲間の死や戦争のことを悪夢として見る。だから過去にとらわれる苦しみは理解しているつもりだが、すべてをわかってやることはできない。

「知らないうちに、ルイーズを傷つけることを言ったみたいだ」

「それで、あちらも落ち込んでいるのか」

ため息と共に言葉をこぼすと、オーウェンが勢いよく顔を上げる。

「ルイーズに会ったのか？」

「ハイネがな。ずいぶん落ち込んでいるようなのに、訳を話してくれないと困っていた」

「てっきり俺を心配してくれているのかと思ったが、結局お前の恋人のためかよ」

「心配はしているが、お前は俺などいなくても、いつも勝手に元気になるだろう」

実際、何かしら落ち込むことがあってもオーウェンはあまりカイルを頼らない。

愚痴や文句はこぼすが、いつもは自分の力だけで気持ちを立て直してしまうので、今回も見守っていた。正直、頼られないことへの寂しさもあるくらいだ。

「ルイーズはどんな様子だったか知ってるか？」

「とにかく落ち込んでいるとハイネは言っていた。あと、時々猛烈に不機嫌になると」

「だよな……」

「失言のこと、謝っていないのか？」

「謝ろうと思って、毎日店に出向いてるんだが、門前払いだ」

　そして色々とやらかした自覚がある手前、強引に居座ることもできず、ろくに会話もできぬまま時間だけが過ぎているらしい。

「お前もルイーズも、もう少し気持ちを落ち着けた方がよさそうだな。その様子では、お互いの気持ちをきちんと理解できまい」

「やっぱり時間を置くしかないか」

「ハイネとも相談してみるが、お前に傷つける気はなかったということはルイーズに伝えておく」

「ありがとう」

　本当にありがとうと深く頭を下げるオーウェンに、それはこちらの台詞だとカイルは苦笑する。

「戦場でも、この怪我を負ったときも、お前が俺を支えてくれた。それを思えば、これくらい恩返しにもならん」

　手にしていた杖で、悪くしていた自分の膝をぽんと叩くカイルに、オーウェンもまた苦笑する。

　その表情にはいつもの明るさが戻り始め、とりあえず最悪の状態からは脱したらしい。

「お前は、俺にとっても英雄だ」

「これくらいで英雄になれるなら、街は英雄だらけになるぞ」

親友の笑顔にひとまずほっとしながら、カイルはここで聞いた話を恋人に伝えるべく、部屋を後にした。

＊　＊　＊

窓から外の通りをぼんやりと眺めながら、ルイーズはカウンターにだらしなく突っ伏していた。

もうすぐ閉店の準備をしなければならないが、落ち込んでいるせいで身体が重く、ここから一歩も動きたくない気分だった。

（どうせお客さんもいないし、もうちょっとグダグダしてていいわよね……）

大きなため息をつきながら、ルイーズはカウンターの木目に頬をすり寄せる。

両親を亡くしてからは、それまで以上に元気な接客を心がけていたのに、ここ数日は毎日こんな有り様だった。

客が来ればもちろん応対はするが、笑顔はぎこちなく、笑うだけで体力を使うので客が途切れるとどうしても疲れ切ってだらけてしまう。

（それもこれも、全部あいつのせいよ……）

頭にオーウェンの顔が浮かぶと無駄にイライラして余力を使ってしまうから、日々の仕事にも身が入らない。

（あんなに触ったりキスしたのに、やっぱり嫌ってひどすぎる！　それも人形じゃないのが理由なんて、そんなの見ればわかるじゃない！　いくらルルちゃんに似てるからって、体や心は作り物じゃないし、傷つくんだから！）

オーウェンに対する怒りは、あの屋敷での一件から一週間以上経った今でも、ふとしたときに脳内で爆発する。

けれど、ひとしきりオーウェンへの怒りを心の中でぶちまけると、今度は自分自身への怒りもこみ上げてきて、それがルイーズの心をさらにかき乱すのだ。

（そもそも、私も何でオーウェンなんかに気を許したのよ。あいつが人形好きの変態だってことはわかってたし、もうちょっと警戒すべきじゃない。なのにキスして……それも自分からもするなんてほんと馬鹿!!　大馬鹿!!　そのうえ、あんな恥ずかしいことまでされたのに抵抗さえしないなんてさらに馬鹿!!）

怒りと恥ずかしさに頬を赤く染めながら、ルイーズはごんっとカウンターに頭を打ち付ける。

（ほんと惨《みじ》めだわ。あんなのに気を許して、好きにさせて、そのうえドロワーズをはき忘れたまま屋敷を飛び出して、情けないし惨めだしもう死にたい）

いくつもいくつも頭に浮かんでくる嫌な記憶にうめきながら、ルイーズはカウンターに突っ伏したまま頭を抱える。

心の中で苛立ちを叫ぶことでなんとか気持ちは落ち着いたけれど、それでもやっぱり気分は上がらない。

むしろ彼に怒りをぶつければぶつけるほど、落ち込んでいくから始末が悪い。

(でも一番馬鹿なのは、オーウェンにひどいことを言った私よ……)

確かに、オーウェンの言葉には打ちのめされたけれど、そもそもが、ルイーズの張った意地のせいだ。

そのうえ、あのときのオーウェンは明らかに様子がおかしかった。今思えば、もう少し彼の話を聞くべきだったとも思う。

なのに彼が店に謝罪に来ても、自分の過ちは棚にあげてつい追い返してしまう。苛立ちに振り回されて、冷静になれないのだ。

(謝りたいのに、顔を見ると腹が立ってくるし、ほんともう最悪……)

客がいないのをいいことに、ルイーズはもう一度大きなため息をこぼす。

そのとき、店の入り口のドアベルがチリンと鳴り、重たそうな足音が響いた。

慌てて顔を上げ、ルイーズは驚く。

「その顔、オーウェンだと思ったか？」

そう言ってカウンターまでやってきたのは、騎士団の制服に身を包んだカイルだった。杖を手にしているもののその足取りは力強く、オーウェンと体格が似ているので、確かに一瞬ルイーズは見間違えた。

けれどそれを認めるのはなんとなく気まずくて、ルイーズは問いには答えず笑顔を貼り付ける。

「今日は、ハイネと一緒じゃないんですか？」

「ああ。俺が直接来た方が、話が早そうだと思ってな」

カウンターを挟んでカイルと向かい合うと、ルイーズは少しだけ緊張する。

体格こそオーウェンとあまり変わらないが、眼帯からはみ出した大きな目の傷や鋭い眼差しのせいでカイルの面立ちは正直少し怖い。

ハイネと付き合い始めてからはだいぶ柔らかくなったが、感情が顔に出ない分、威圧《いあつ》しているようにも見えて、目が合うとルイーズは少し萎縮《いしゅく》してしまう。

それに、たぶん彼が来たのはオーウェンに頼まれたからだろう。それを思うと、話をするのは気が重い。

「買い物に来てくれたわけじゃないんですね」

「察しがいいな」

「オーウェンのことなら何も話したくないです」

つい先ほど自分の言動を反省したばかりだというのに、また突き放すような発言を重ねてしまう自分にがっかりする。

けれどカイルはルイーズの態度をさほど気にしていないのか、表情を変えることなく先を続けた。

「オーウェンのこともあるが、今日は別の誘いで来たんだ」

「誘い？」

「突然だが、私たちと一緒に旅行に行かないか？」

カイルの言葉は予想外で、ルイーズは瞬きを繰り返す。

「君が気落ちしているのを見て、ハイネが是非にと言っているんだ」

「えっ、でもどこに……」

「王都だ。出席しなくてはならない式典があってハイネと予定を立てていたのだが、良い気分転換になるし、君もどうかと思ってな」

ハイネと旅行という響きには正直惹かれたが、自分が同行してもよいものか、と思わずにいられない。

恋人関係になってからの初めての旅行だろうし、やはり二人水入らずの方がよいのではないだろうか。

「でも、お邪魔はしたくないし……」

「式典には元部下のイオルという男も参加するので、元々二人きりの旅行というわけではないんだ。むしろ、やっと三人だと俺が色々言われて肩身の狭い思いをするから、来てもらえると助かる」

「それに何より、ハイネが喜ぶ」と言われてしまうと気持ちは傾いてしまう。

店番を理由に遠慮することはできるが、王都にいる叔父からもそろそろ顔を見せに来いと言われていたし、馬車も用意してくれるというカイルの話は渡りに船だ。

「本当に、いいんですか？」

「ああ。むしろ、君は俺に遠慮しているところがあるとハイネに聞いたから、これを機に仲良くできればと思っている」

そう言って険しい顔でじっと見つめられれば、ルイーズにはもう断ることはできない。

（ハイネはきっと、カイルさんが直接話をした方が私も承諾しやすいと思ったのね）

そしてそのもくろみはあたり、険しい視線に耐えかねたルイーズは「よろしくお願いします」と頭を下げた。

＊　＊　＊

カイルの訪問からあっという間に時間は流れ、旅行の準備に追われているうちに、出立の日がやってきた。

ささやかな荷物を手に、王都行きの馬車に乗るべくカイルの屋敷へとやってきたルイーズは、店の片付けに追われて前の晩はあまり眠ることができなかった。

けれどいざ出発となると、眠気はさほど感じず、むしろ気持ちは高揚している。

最初は遠慮しようとさえ思っていた旅行だが、やはり楽しみに思う気持ちが強かったのだろう。

「ルイーズ！」

浮き足立っているのはルイーズだけでなく、出迎えてくれたハイネもまたいつになく楽しげだ。

彼女に釣られてこちらも笑顔になりながら、ルイーズは小さなトランクを彼女と共に出迎えてくれた執事のイオルに渡す。

「旅のお供をさせていただくイオルと申します。王都ではルイーズ様のお世話もさせていただきますので、お見知りおきを」

元騎士だけあり、執事のわりには立派な体格のイオルだが、振る舞いや口調には優雅さと清潔感が溢れている。

「私とカイル様が大柄ですので、馬車は二台用意させていただきました。お嬢様方は、どうぞこちらの馬車へ」

そう言って先導するイオルに続きながら、ルイーズはハイネの側に寄り声を潜める。

「カイルさんと一緒の馬車じゃなくていいの？」

「ええ。二人で色々お話もしたいし」

「久しぶりにずっと一緒よ」とはしゃぐハイネに、ルイーズもこの旅への期待がますます高まっていく。

そんな二人を微笑ましく見つめながら、先を歩いていたイオルが二人の乗る馬車の前で立ち止まった。

そして恭しく、二人のために馬車の扉を開いた直後、彼の顔がわずかに硬直する。

「馬車を変えましょう。私としたことが、お嬢様方の馬車にゴミ虫を入れてしまったようです」

開けたばかりの扉を急に閉め、イオルは涼やかな笑顔をつくる。

だがその直後、妙な物言いに首をかしげていたルイーズとハイネの前で、突然馬車が大きく揺れた。

「おいっ、ゴミ虫とは何だ!!」

イオルは慌てて扉を押さえつけようとするが、中にいる何者かが無理やり扉をこじ開ける。

「うっ……!!」

驚きと嫌悪感のこもったうめき声をこぼすルイーズの前に現れたのは、なんとオーウェンだった。

もちろん彼がここにいるのは想定外のことだ。

カイルたちの出席する式典にオーウェンも出席するという話は聞いていたけれど、彼とかち合わないように出発日も滞在先もすべて別にするはずだった。

なのにあろうことか、彼もまたこれから出かけるとしか思えないよそ行きの服で馬車から身を乗り出している。

「……何でいるのよ」

「君に会いたかったからだ！」

強い口調で言われると、ついどきっとしてしまい、ルイーズは熱を持つ顔を慌ててオーウェンから背ける。

「秘密にしてたはずなのに、何でここに……」

「つけたからだ」

「つけた⁉」

「王都に行く前に改めて謝ろうと君の店に向かっていたら、君が店を出て行くのが見えたんだよ。だから後をつけて、馬車の中に隠れていたらイオルが……」

「オーウェン様、お言葉ですがあなたの無駄に逞しいお身体でこの馬車に隠れるには無理があるかと」

　イオルの的確すぎる指摘に、オーウェンは「そんなことはわかってる」と不満げに言う。

　そこに騒ぎを聞きつけたカイルが現れ、呆《あき》れた顔で一同を見回した。

「今日まで隠してきたのに、ついにばれてしまったか」

「お前、この前は俺たちの仲を取り持つと言ったじゃないか！」

「だからこそ、お前に知らせず色々と計画していたのに、これでは台無しだ」

　大きなため息をつきながら、カイルはオーウェンの腕をつかんで馬車から引きずり下ろす。

「嫌だ、俺も行く！」

「子どもみたいにごねるな」

「なら、ルイーズは俺の馬車で連れて行く」

「なぜそうなる」

「俺の知らないところで、俺以外の男に声をかけられるのが嫌だ！」

　言うが早いかオーウェンはルイーズの背後に回り、それこそまるで子どものように彼女の身体を抱きしめる。

　まさかここまで積極的な行動に出るとは思っていなかったルイーズは、怒ることもできずただただあっけにとられてしまう。

「落ち着けオーウェン、いつもの冷静なお前はどうした」

「冷静でいても彼女といられないんだから、子どもじみた駄々をこねるしかないだろう！」

「オーウェン様、それ、言ってて悲しくないですか？」

イオルにまで冷めた視線を向けられて、さすがのオーウェンも戸惑ったようだが、ルイーズを抱きしめるオーウェンの腕が弱まる気配はなく、それどころか彼はルイーズの肩に額を押しつけてくる。

「君が怒っているのはわかっているが、このまま行かせたくないんだ」

耳元でこぼれた囁きはあまりに悲しげで、ルイーズは彼の腕を振り払うことができない。

「謝罪の機会を、もう一度くれないか」

頼むと繰り返された声は、寝室で聞いた苦しげな声に似ていた。

その切ない響きをどうしても無視することができず、ルイーズは仕方なく、ぎゅっと抱きしめてくる逞しい腕を優しく叩いた。

「わかったから、くっつかないで」

「それは、一緒に行ってもいいということか？」

「これ以上みんなに迷惑はかけられないし、カイルさんたちが許すなら構わないわ。それに私も、少し意地になりすぎていたところはあるし」

「じゃあ、この前のことも許してくれるんだな？」

「それはまあ、旅行の間に考えるわ」

ルイーズの言葉にオーウェンは肩を落としたようだが、近づいてきたカイルの腕によって彼の身体は引き剝がされていく。

もう一台の馬車に引きずられていく彼を見送ったあと、二人が乗る馬車の扉をもう一度イオルが開けた。

オーウェンが離れているうちに乗れということらしい。

「ひとまず、お二人はこちらの馬車にどうぞ。あちらのゴミ虫は、私たちの馬車に放り込みます」

「だからゴミ虫って言うな！　仮にも、お前の元上官だぞ！」

「それが、何か？」

にっこりと微笑むイオルは紳士的であるのに、なぜかカイル以上に凶悪で危険な香りを漂わせている。

「ハイネ、乗ろう」

「う、うん」

それを察知したルイーズがハイネの腕を取り馬車に乗り込むと、扉が閉まり外の喧噪がわずかに遠ざかる。

外ではまだオーウェンが騒いでいたが、ひとまず今は無視しようとルイーズは決め込んだ。

「私のせいでおかしなことになっちゃってごめんね」

「ルイーズのせいじゃないわ。それに、見てる分にはちょっと面白かったし」

「面白い？」

「だってオーウェンさんって普段は非の打ちどころがないっていうか、すごく大人な感じなの。なのにさっきは、子どもみたいでおかしくって」

ハイネはそう言ってクスクス笑うが、ルイーズからしたら大人な面の方が珍しい。

「仲直り、できるといいわね」

「別に、したいなんて思ってないし」

「でもルイーズ、今ほっとした顔してる」

自覚はなかったが、確かに言われてみるとつい先ほどまで彼に感じていた苛立ちや不安はない。

それが良いのか悪いのかはわからなかったけれど、ほんの少しだけほっとした気持ちで、ルイーズは馬車の座席に背を預けた。

＊　＊　＊

「で、なんだこれは？」

「オーウェン様がいらしたので、仕方なくこんな有り様なんですよ」

王都に向けて走り出した二台の馬車の片方、一台目より少しだけ大きなキャビンの中では、男三人が窮屈そうに座席に腰掛けていた。

決して狭い馬車ではないのだが、何せ三人の体躯は通常の成人男性より一回りは大きい。そのうえ三人とも、念のためにと剣まで携えているものだから余計に狭い。

「そもそも、俺に隠れてルイーズを連れ出そうとするのが悪い」

「言ったらお前がついてくるから秘密にしていたんだ」

ため息をこぼしながら、カイルはオーウェンのふくれ面を軽く睨《にら》む。

「ハイネから、ルイーズには時間と気分転換が必要だと言われた。そこにお前がくっついてきたら、元も子もないだろう」

「でもきっと、誤解を解けば……」

「解くには、ルイーズが落ち着くのが先だ。お前のトラウマのことも、旅先でそれとなく話す予定だったのに」

「そうですよ。三歳児並みに恋愛に疎いカイル様がここまで苦心して色々計画なさったというのに、オーウェン様のせいですべて台無しです」

「……イオル、今俺を軽く馬鹿にしただろう」

「いいえ、褒めています。ハイネ様と出会う前と比べたら、あなたは本当によく成長されました」

イオルは嬉しいですと泣き真似までして感激具合を表している。それが、相手の神経を逆撫でするのも彼はわかってやっているのだ。

とはいえカイルも、そしてオーウェンも、イオルが部下だったころからずっと口では彼に勝てたためしがないのでここはぐっとこらえる。

「それに比べ、オーウェン様は近頃知能が低下しているようですが、頭でも打ちました?」

「お前、執事になってもほんと遠慮がないよな」

「心配しているんですよ。あなたは理知的でどんなときでも冷静なのが取り柄だったのに、先ほどのあれは何ですか」

「俺だって、正直驚いてるんだよ。ルイーズがからむと、驚くほど気持ちに抑えが利かなくなるんだ」

「カイル様のハイネ様へのアピールも大概でしたが、あなたも相当痛々しいですね」

「痛々しいは言い過ぎだろ!」

「でも聞きましたよ。ルイーズ様の店を何度も訪ねては、人形遊びを強要したとか」

「お前の言い方には悪意がありすぎる!」

オーウェンとしては、ルイーズが少しでも喜ぶことをしようと努力していただけである。ただ、彼女は何を贈っても受け取ってくれない。なので自分が一番詳しく、愛らしい物

を選べる人形を持って毎日押しかけていただけだ。

「それに、遊びは強要してない。一緒に、お茶会ごっこができたら嬉しいとは思うが、まだ誘ったこともない」

「誘っていたら、完全に関係は終わってましたね」

そこは賢明でしたねと、拍手までするイオルには腹が立ったが、これ以上何か言われたらたまらないので苛立ちの言葉はぐっと呑み込む。

助け船を出せとカイルに視線を向けるが、彼は静かに首を横に振った。

自分ではどうにもならないと、そう言いたいらしい。

「ともかく、一緒に行くからには和を乱す行為はやめてくださいね。そもそも、あなたが拗ねていたせいで出発が遅れて当初の予定が狂っているんですから」

「何でもかんでも俺のせいかよ」

「他に理由があるとでも？」

冷ややかな視線に、オーウェンはイオルから視線を逸らす。

「ともあれ、静かにしていてくださるなら、ちゃんとルイーズ様との語らいの時間くらいつくりますから」

「本当か？」

「そうでもしないと、またさっきのように暴れるでしょう？」

「暴れる」

「それなら、なんとかいたしましょう。オーウェン様の見苦しい姿は、もう見たくありませんので」

イオルの一言に、カイルはよかったなと笑うが、オーウェンは素直に礼を言う気持ちにはなれなかった。

第四章

カサドを出て三日後、ルイーズたちの乗る馬車は無事イルヴェーザの王都へインツにたどり着いた。

へインツは、美しい湖を囲むようにしてつくられた円形の街で、景観の美しさから水の都とも呼ばれている。

王の住まう城は、湖の東側にある小さな孤島の上に建てられており、白亜の城壁が湖に映る様子は実に美しい。

この城に行くには船を使うか、街の北と東の二カ所にかけられた橋を使うしかなく、特に人の行き来が多い東橋の付近は商業区として栄え、ルイーズの叔父が営む書店もその区画にある。

「本当に広い都ね……」

王都に来るのが初めてのハイネは、馬車の窓からうっとりとした顔で景色を眺めている。カイルから贈られたのであろう、愛らしい外出用のドレスを纏った彼女は、ルイーズよりよっぽど王都に馴染んで見える。そんな彼女が子どものようにはしゃぐのを見ていると、ルイーズまで楽しい気分になってくる。

ちなみに、ルイーズが着ているのも、出発前にカイルから贈られたものだった。「おそろいがいいだろう」という彼の配慮でハイネと色違いの青いドレスだ。

「ルイーズは、お城に行ったことある？」

「まさか。あそこは、貴族や王族、騎士しか入れないのよ」

噂では、イルヴェーザ国の王城はこの大陸一の豪華さと優美さを誇るらしいが、その噂が本当かどうかは庶民にはわからない。

ただ、小説に出てくる城のモデルとして登場することが多いので、王城の中にはルイーズも少し興味があった。

「今度、叔父さんにどんな内装か聞いてみようかしら」

「それなら、オーウェンさんに聞けばいいのに」

「ハイネ、もしかしてまだ私たちをくっつけたがってる？」

「くっつけるっていうか、仲直りして欲しいだけよ。ルイーズだって、そう思ってるでしょう？」

「そんなことないわ」

「でもルイーズ、この旅行中ずっと、オーウェンさんのこと気にしてる」

ハイネの指摘に思わず口を噤んだのは、それが事実だったからだ。

宿泊や食事のために、旅の途中で何度か馬車を降りたが、カイルたちに釘を刺されているのか、オーウェンはルイーズに必要以上に近づいては来なかった。

けれどそのことが逆に気になってしまい、少し離れた場所にいるオーウェンをルイーズはつい目で追ってしまうのである。

つれない態度を取ってしまいそうなので、もし彼が近づいてきたらと思うと不安なのに、来ないなら来ないで気になってしまうのだ。

「喧嘩のこと、ルイーズも後悔してるんじゃない？　カイルから聞いたけど、二人の間には何か誤解もあるようだったし」

「誤解って？」

思わず首をかしげると、ハイネはそれを言うべきか迷っているようだった。

けれど一度気になるとそのままにしておけないのがルイーズの性分で、彼女はハイネの手をがしっとつかむ。

そのままじっと顔を見つめてくるルイーズに観念したのか、ハイネは渋々口を開いた。

「ルイーズに何かひどいことを言ったみたいだけど、そのときのオーウェンさん、ちょっと変じゃなかった？」

「……そうね」

「カイルにも時々あるんだけれど、二人は過去、色々とおつらい目に遭ってきたから、時々ひどい白昼夢を見てしまうことがあるみたいなの」

「白昼夢？」

「過去の嫌な記憶が突然蘇って、一瞬心がとらわれてしまうのだとか」

ハイネの言うことが本当なら、確かにオーウェンのあの虚《うつ》ろな表情にも説明がつく。

「詳しい話は聞いていないし、過去が蘇ったきっかけはわからないけど、カイルが言うには、オーウェンさんが思い出したのは、妹さんのことだって」

「それって、人形が大好きな？」

「彼女が亡くなったときのことを、たびたび思い出してしまうらしいの。だからきっと、それに動揺して、何か心にもないことを言ってしまったんじゃないかしら」

『処女相手だと、俺は……。やっぱり、人形じゃなきゃ無理だ……』

そう言っていたオーウェンの顔は、今思えば恐怖に震えているようだった。

何がきっかけで、どんな過去を思い出したのかはわからないけれど、あれはルイーズに対してではなく、襲い来る恐怖に対する言葉だったのかもしれない。

「やっぱりちょっと言い過ぎたかも……」

「と言っても、ルイーズが傷つく言葉だったのは事実だし、許すかどうかはあなた次第だけれど、話くらいしてみたら？」

「そうね、あまり意固地になるのも大人げないし」

何より情けないし、と心の中で付け足していると、馬車が大きな門をくぐる。

程なくして馬車は止まり、ドアを開けに来たカイルの手を借りてハイネと共に外に出れば、そこには古いながらも立派なお屋敷が建っていた。

装飾は少なく、時代を感じさせる白い外壁は少し色あせていたが、壁を伝うようにして広がる植物の蔓《つる》が、壁の汚れをうまく隠し、独特の味わいを演出している。

「少し古いが、私の屋敷だ。カサドの屋敷より防御面では劣るが、どうかゆっくりしていってくれ」

カイルの言葉にルイーズとハイネがお世話になりますと頭を下げていると、中から使用人たちが現れる。

イオルもそうだが、カイルの屋敷の使用人は皆体格がいい。

前にハイネから「カイルは、怪我で剣が持てなくなった元騎士を使用人として雇っているの」という話を聞いていたが、どうやらこちらの屋敷も同じらしい。

体格だけでなく性格も良さそうな使用人たちに挨拶をして中に入れば、敷き詰められた絨毯も、置かれた家財も、カサドの屋敷よりずっと豪華だった。

少しカイルらしくないように思えてルイーズが首をかしげていると、少し不安そうな顔をしたハイネが、カイルの腕をそっと引いた。

「このお屋敷は、ずっとカイルが管理されていたんですか？」

「ああ」

「もしかして、今後こちらに住むご予定が？」

「心配するな。俺はハイネの故郷であるカサドを安住の地と決めている」

ただ……と、カイルはなぜかそこで屋敷の二階部分を見つめた。

それをルイーズも目で追うと、なぜだか急に、ぞくりと背筋が震えた。

特に寒いわけでも、おかしなものがあるわけでもないのにおかしいなと思っていると、カイルの言葉を継ぐようにしてイオルが小さく咳払いをする。

「出発のごたごたでうっかり確認を忘れていたのですが、皆様の中に言葉で説明のつかぬ事象や存在を恐れる方はいらっしゃいますか？」

「あの、それってどういうことです……？　その言い方だと、まるで幽霊でも出るみたいな」

「さすがルイーズ様、察しがよろしい」

イオルの答えにルイーズの背筋がわずかに震えた。

「カイル様や私は何も感じないのですが、このお屋敷は幽霊が出るという噂があるんです。

カイル様はそんなことはどうでもいいという方なので、安さと利便性を理由に購入してしまったのですが、その後いざ売ろうとしても買い手がつかず、結局まだカイル様が所有している次第で」

そのうえ取り壊そうとすると、事故や不可解な出来事が起きるため、手が出せないのだとイオルは言う。内装が豪華なままなのも、調度品をいじると不可思議な現象が起こるからしい。

「すごい、私、幽霊屋敷って初めてです！」

「ハイネが喜んでくれるなら、よかった」

「はい。私、怖いお話大好きなんです」

はしゃぐハイネにカイルは大喜びだけれど、ルイーズは内心ビクビクしていた。

ルイーズは、幽霊のたぐいが何より嫌いなのだ。でもそれが情けなくて、そして同い年のハイネが平気なのに自分だけ怖がるのが悔しくて、ずっとそのことを隠していたのである。

「ルイーズも、お化け大好きなんですよ」

見栄を張って「お化けなんか怖くない！」「怖い話大好き！」と言い張ってしまった過去の自分を、ルイーズは今すぐひっぱたきたい。

「うっ、うん、お化け大好き！」

この期に及んで素直になれない自分を情けなく思いながらも、結局、本心を打ち明けられないルイーズだった。

「でしたら、幽霊がよく出るというお部屋に案内させていただきますね」

イオルの言葉にルイーズは乾いた笑い声を上げ、「よろしくお願いします」とうなだれる。

案内された部屋は広々とした客人用の寝室だった。

一見したところ不審な点はないし、南向きに窓がついているため室内はかなり明るい。置かれた家具も品がよく、壁紙や絨毯などの色も明るいので幽霊とはまったく縁がなさそうに思えるが、部屋に一人残されるとルイーズはとたんに気分が悪くなってくる。

(考えすぎよ。幽霊なんて、今まで一度も見たことないし、きっと迷信……！)

自分にそう言い聞かせながら、ルイーズは気分を紛らわせようと鼻歌を歌いながら荷物を広げる。

しかしその直後、ノックの音もなく、突然部屋の扉が開いた。

「――――っ!!」

「あ、悪い」

悲鳴を上げかけたルイーズの前に現れたのは、少し怪訝そうな顔をしたオーウェンだった。

彼とだけは二人きりになりたくないと思っていたが、扉を開けたのが幽霊でないとわかり、ルイーズはついほっとしてしまう。

もちろんそれは言葉に出せないし、取り繕うための言葉は相変わらずつんけんしてしまうのだが。

「ノックくらいしてよ！」

「いや、しようと思ったら扉が勝手に開いて……」

「……」

「立て付けが悪いようだな」

そう言ってオーウェンが扉を揺すると、ぎぃぎぃという不気味な音が響き、ルイーズは耳をふさぎたくなる。

「……それで、何の用？」

恐怖を紛らわすために聞けば、オーウェンは慌てた様子で扉から手を離す。

「まだ日も高いし、観光でも行かないか？」

「えっ、でも今日はゆっくりしようってみんなで話したし……」

「一人でいたいのか？」

問いかける声はどこか心配そうで、ルイーズはうっと声を詰まらせる。

「長旅で疲れているだろうし、部屋で寝ていたいなら、一人で行くが」

「そっ、外出たい！　観光したい！」

うっかり前のめりになるルイーズに、オーウェンは思わず苦笑する。

「じゃあ決まりだな」

彼はルイーズの支度が済むまで部屋の入り口で待っていてくれるらしい。

（もしかして、幽霊を怖いと思ってるのばれてるのかしら……）

あえてその場に残っているあたり、ルイーズがびくついている理由に気づいていそうだが、彼は何も言わず扉に背を預けて立っている。

その気遣いに嬉しいような恥ずかしいような気持ちを覚えたが、一刻も早くこの部屋から出たかったルイーズは、急いで身支度をととのえた。

オーウェンと共に屋敷を出ると、ルイーズはようやく身体も心もほっとすることができた。

気のせいかもしれないが、屋敷にいるときはずっと肩が重かったし、視線を感じたし、身体も心も疲れ果てていたのだ。

「怖いなら、怖いって言えばいいのに」

隣を歩いていたオーウェンがぽつりとこぼす。

「怖いなんて思ってないし」

「でも、屋敷に入ってからずっと、顔が真っ青だったぞ」

やはりばれていたのだと恥ずかしくなるが、それでもルイーズは素直になることができない。

「とりあえずありがとう。外に出たいって思ってたの」

彼が連れ出してくれたことへの感謝はなんとか口にできたが、まだ声は硬い。

今はこれが精一杯だが、それでもルイーズとしては最大限の謝辞だった。

一方オーウェンは、感謝の言葉が照れくさかったのか、長い前髪を掻き上げながら視線を斜め上へと逸らす。

「俺も時々あの家に泊まるが、苦手でな。カイルはあのとおり鈍感だし、イオルも本当は見える方らしいが気にしねぇしな」

「オーウェンも、幽霊怖いの？」

「怖くはないが、少し苦手だな。昔戦場で、大量の火の玉を見ちまって以来、その手ののは何だかぞわっとする」

「えっ、火の玉って本当に出るの？」

聞いてから、なんて馬鹿な質問をしたんだろうかとルイーズは後悔する。

けれどオーウェンは笑うこともなく、むしろ真剣な顔で頷いた。

「霊的なものかどうかはわからないが、結構見るぞ。あと、妙な声を聞いたり、人がいない場所から足音が聞こえたりとか」

読書で鍛えられているせいで無駄に想像力が豊かなルイーズは、オーウェンの話に顔を青くする。

「こ、この話やめない？」

「君が聞いてきたんだろう」

苦笑しながらもオーウェンは恐怖に震えるルイーズを落ち着かせるように、優しく頭を撫でる。

その手のおかげで恐怖は和らいだけれど、オーウェンはハッとしたようにぎこちなく手を離してしまう。

「悪い」

気まずそうな様子を見る限り、彼はまだこの前の一件を気にしているのだろう。

それはルイーズも同じである。ならば今が謝罪のタイミングかもしれない。

「いいの。……あと、この前のことだけどごめんなさい」

「君が謝ることじゃない。あのときは俺が……」

「聞いたの、あなたにも事情があったって」

ルイーズが告げると、オーウェンは申し訳なさそうな顔で口を開く。

「事情があったとしても、君を傷つけたのは事実だ」

「でも私、あなたの様子が変だってわかってたのに、気遣いの言葉すらかけなかったのよ」

それから、ルイーズは改めて「ごめんなさい」と、なけなしの勇気を振り絞って謝罪の言葉を重ねる。

そのままオーウェンに向けて頭を下げようとしたが、それよりも早く、彼の大きな手のひらがルイーズの頬を左右から優しく挟んでそれを止めた。

「俺の落ち度だと言っただろう。だからどうか、そこまでしないでくれ」

頬を包み込む手にはさほど力が入っていないかったのに、ルイーズは頭を下げるどころか身動きさえ取れなくなる。

そのうえ向けられた瞳を見ていると、ルイーズはしゃべることはもちろん呼吸をすることさえままならなくなってしまった。

「今度は俺に謝らせてくれ。心の底から、君に悪いことをしたと思っている、すまなかった」

オーウェンは謝罪をしながらも、愛おしいものを撫でるように優しくルイーズの頬に指を滑らせる。

「そのうえで、君に許して欲しいと思う愚かな俺を、君は軽蔑するか？」

不安げな眼差しに、ルイーズは慌てて首を横に振る。

その動きでようやくお互いの距離の近さに気づいたルイーズは、慌ててオーウェンの手から逃げ出した。

だが離れてもまだ彼の温もりが残っているのか、ルイーズの頬は燃えるように熱いままだった。

「軽蔑なんてしないわ。それにもう、怒ってないから」

「よかった」

謝罪が受け入れられたことにほっとしたのか、久しぶりに彼の顔には笑みが浮かんでいる。

とたんにルイーズは恥ずかしい気持ちになり、彼女はオーウェンの顔を正面から見ることができなくなった。

「お互い謝ったんだし、この話はもう終わりにしましょう」

恥ずかしさを紛らわすためにそう言って、ルイーズはオーウェンの腕をつかんで強引に歩き出す。

「それで、どこに行くの？」

「いや、特には決めてなかったが。行きたいところがあるなら付き合うぞ？　腕を引いているのは君だし」

オーウェンの指摘に、ルイーズは慌てて腕を放そうとしたが、それよりも早くオーウェンが彼女の腕をからめとってしまう。

そのまま恋人たちがするように腕を組まされて恥ずかしくなってくるが、それを今は振りほどけない。

「……叔父の本屋に行きたいの。でも後は、お任せする」

「じゃあ街を見学しながら、まずは書店に向かおうか」

そう言ってオーウェンが微笑む気配がしたが、今彼の顔を見たら真っ赤になってしまう気がしたルイーズは、うつむいたまま頷くことしかできなかった。

＊　＊　＊

(何だか、妙な気分だな)

自分の腕をぎゅっと握りしめているルイーズに目を向けながら、オーウェンは嬉しいような不安なような不思議な気持ちで、賑やかな街を彼女と歩いていた。

無理やり旅に同行し、ようやく謝罪が受け入れられて再びこうして彼女の隣に立つことができたけれど、なぜだか前以上にルイーズに緊張してしまう。

「屋台で何か売っているが、食うか？」

「……うん」

「好きなものを選ぶといい。ここにはカサドにないものもたくさんあるからな」

「いいの？」

「もちろんだ。むしろ、どんなものでも買ってやりたいくらいだ」

前は何を言っても片っ端から突っぱねられ、嫌な顔をされ、悪態さえつかれたのに、今日のルイーズは妙に素直なので、調子が狂うのだ。

（組んだ腕も放さないし、これは……夢か？　都合のいい夢なのか!?）

そう思ってさりげなく手の甲をつねってみるけれど、痛みはちゃんとある。

そのうえ、カサドにいたころは贈り物を何一つ受け取ってくれなかったルイーズが、今はオーウェンが買い与えた肉の串焼《くしや》きを目の前でもぐもぐと食べている。

（くそっ、かわいい……。かわいすぎて俺がどうにかなりそうだ！）

小動物のように頬を膨らませてもぐもぐしているルイーズをじっと見つめ、オーウェンは感動で泣きそうになった。

（でもちょっと待て、せっかくのデートなのに肉の串焼きはねぇだろ俺！　もうちょっと、おしゃれな店に連れて行くべきだろう!?）

人形ではない人間の女性とデートをしたいと思ったのはルイーズが初めてだけれど、上官や有力貴族のご機嫌うかがいの一環として、彼らの令嬢とデートをしたことは何度かあった。

そのときは考えるまでもなく女性が喜びそうな店に入り、愛らしい菓子や装飾品をプレゼントできたのに、今日オーウェンが買ってしまったのはよりにもよって、訓練帰りで腹を空かせた騎士たちが好むような男らしい肉串である。

「これ、おいしい！　すごい！」

「そっ、そうか？」

ルイーズが喜んでいるようなのでひとまずほっとするが、それでももっと別のものの方がよかったのではないかと思わずにいられない。

そしてそれが顔に出ていたのか、ルイーズが串を手に苦笑を浮かべる。

「お世辞じゃなくて、本当においしいわよ」

「ならいいが、女の子は甘いお菓子とかの方が好きだろ？」

「私はお肉の方が好きかな？　それに喫茶店でお茶するより、露店で買ってその場で食べる方が好きなの」

「少し意外だな」

「カサドじゃなかなかできないからね」

どこか寂しげな表情を浮かべ、ルイーズは肉串をぎゅっと握りしめる。

「こういうものを食べてると『似合わない』とか、『女の子らしくない』とか言われて、がっかりされるから」

だからハイネとも家や行きつけの喫茶店でばかり会っているのかとオーウェンは気づく。

「見栄なんて捨てればいいんだろうけど、馬鹿にされるのはやっぱり嫌だし……」

そう言って少しうつむくルイーズを見るに、彼女は長い間本当の自分をさらけ出せずにいたのだろう。

オーウェンだって、乱暴に追い返されるまでは、彼女のことを人形のように静かで愛らしい少女だと思っていたし、最初はそういった空想の彼女に惹かれていた気がする。

（今、目の前で肉にかじりつくルイーズの方がずっといいのにな）

確かに、お茶を静かに飲んでいる方が、オーウェンの大好きなルルちゃんには似ているけれど、こうして歩きながら肉を頬張る姿は抱きしめたいほどかわいい。

「ならここで好きなだけ食べればいい。カサドに帰ってからも、一緒にどこかへ行こう」

「でも……」

「俺が付き合わせてるってことにすれば、君を変に言うやつはいないだろう？」

咀嚼《そしゃく》していた肉をゴクンと呑み込みながら、ルイーズはオーウェンの提案を受け入れるべきかと本気で悩み始める。

「それってその、デート？」

「君が嫌なら、ただの散歩ってことでもいい」

「……散歩なら、一緒に行く」

「本当か!?」

嬉しさのあまり破顔すると、ルイーズは「散歩なら！」と付け加える。

でもルイーズの顔は少し嬉しそうにも見え、以前よりはずっと脈がありそうだ。

（この子は意外と遠慮がちと言うか、素直になれないところがあるんだな）

そして自分でも言っていたが、見栄っ張りな性格のせいで、自分が本当にしたいことを隠してしまうのだろう。

それがわかれば、オーウェンとしては隠れている彼女の願望を読みとって、叶えてやりたいと思ってしまう。

「じゃあ今日はその予行演習だ。食べたいものを何でも言ってみろ」

「……お菓子とか甘いものじゃなくてもいいのよね？」

それならと、ルイーズが指さしたのは近くの屋台につり下がっている豚足《とんそく》だった。

「前に本の中の主人公が食べてるのを読んで、一度食べてみたかったの」

そう言って目を輝かせるルイーズのかわいさに、オーウェンはめまいさえ覚える。

「一本でも二本でも好きなだけ食べるといい」

「こんなに大きいの、二本も食べられないわ」

そう言って微笑みながら、ルイーズは嬉しそうに屋台の亭主に声をかけていた。

（こうして外を歩くのも、結構楽しいものなのね）

賑やかな往来をオーウェンと二人で歩きながら、ルイーズは豚足を片手に思わず微笑んだ。

カサドで買い食いなんてしようものなら、それだけでルイーズを勝手にライバル視している女の子たちに、変な噂を流されたものだけれど、ここには心ない視線はまるでない。

時々怪訝そうに見られることはあるけれど、馴染みのない土地にいるせいか、それも気にならなかった。

「そこ、タレがついてるぞ」

大胆になっているのはルイーズだけではないらしく、オーウェンとの距離も昨日までとは比べものにならないほど近くなっていた。

ルイーズの唇についたタレを拭うと、オーウェンはその指をためらうことなくぺろりと舐める。

今までなら「なんてことするの！」と怒るところだけれど、今日はそうする気にはなれなかった。

照れくささはあるけれど、彼に隣で世話を焼かれるのがルイーズは嫌ではなかった。

異性から女の子扱いされるのが苦手だったはずなのに、オーウェンにされるのは不思議と嬉しい。

それはたぶん、本来のルイーズの姿を、彼が笑顔で受け入れてくれたからだろう。

今までルイーズに声をかけてきた男たちは皆、ルイーズが買い食いをするのをあからさまに良く思っていなかった。「君には似合わない」だの「もっと豪華で上品なものを食べさせてやる」だのと言ったあげく、「女性として慎みを持った方がいい」と説教までされたこともある。

今思えば、そもそもルイーズは男を見る目がなかったのだろう。

それに薄々気づいていたから、早い段階で誘いに乗る回数は減らしたが、それでも男たちからかけられた心ない言葉で心はささくれてしまい、いつしか自分がしたいことすらできなくなっていた気がする。

けれど隣を歩くオーウェンは、むしろ「他に食べたいものはないか？」と楽しげに世話を焼いてくれる。

それが新鮮で、嬉しくて、ほっとして、ルイーズはオーウェンに甘えてしまうのだ。

（さっきは意地張っちゃったけど、これってもう、デートなのかしら）

道を歩いているだけだというのに、今までのデートよりずっと心が甘く疼くし、さっきまで喧嘩をしていたことも忘れそうになるほど楽しい。

オーウェンも、同じ気持ちでいてくれているようで、それにもほっとしてしまう。

（ハイネの言うとおり、私きっと彼と仲直りしたかったのね）

だから余計に、仲直りできたことで気持ちが楽になり彼に気を許してしまうのだろう。

「あっ……」

だから不意に、彼が愛らしい看板を掲げた人形店の前で足を止めても、それをもう不快には感じなかった。

「見ていく？」

「いっ、いや……」

「好きにしていいのよ。今更、隠す必要ないでしょ？」

むしろ自分のように好きに過ごしてくれたらと思うし、下手に男前な姿より、人形に息を荒くする彼の方がドキドキしないですむ。

「じゃあ少しだけ見ていってもいいか？　エルマーナ社の新作が出たから、是非この目で見てみたいんだ！」

「なら入りましょう」

「ありがとう。じゃあ少しだけ」

嬉しそうに微笑むオーウェンの姿を見ていると、ドキドキしないと思っていたはずの胸が、甘く疼く。

（もしかして私、オーウェンのこと……）

頭に浮かんだ考えに、ルイーズは慌ててオーウェンから視線を外す。

胸に芽生えたこの感情を認めてしまうのはまだ早い気がするし、何よりもしこの気持ちが想像どおりのものなら、人形店の前で自覚するのは何だか格好が悪すぎる。

だから今はただ、自分の感情に気づかない振りをして、ルイーズはオーウェンの後に続く。

「オーウェン様！」

だがそんなとき、かわいらしい少女の声が二人の足を止めた。

振り返ると、そこには貴族と思《おぼ》しき二人の少女が、目を輝かせながらこちらを見ていた。

誰だろうかとルイーズが驚く一方、オーウェンはそれまでのだらしなさが嘘のような凜々しい表情で、彼女たちに微笑みかける。

視線を向けられていないルイーズまでどきっとしてしまう甘い表情に、少女たちの口からはほうっとため息がこぼれた。

「すまないルイーズ、少しだけ待っていてくれ」

そんな言葉を残して、オーウェンは少女の方へと歩いていく。

「お久しぶりです、カミラ様、マルタ様。お二人とも、今日もお美しい」

オーウェンに名前を呼ばれた二人の少女は、嬉しそうに目を細めながら彼に向かってそっと手を差し出した。

その手を取り、オーウェンが指先に口づけを落とした瞬間、ルイーズはついその姿から目を背けてしまった。

男性が女性の指先にキスをするのは、この国では挨拶の一つだ。特に身分の高い人々にとっては会釈と同じくらい当たり前のことだけれど、ルイーズはいい気持ちがしない。

（そういえば、私はされたことない……）

オーウェンとルイーズでは身分が違うし、夜会ならともかく、街中で自分のような町娘に彼がそんな挨拶をしたら逆におかしいとわかっているのに、思わずそんなことを考えてしまった自分にルイーズは驚いた。

そのうえ、どこか楽しげに会話をしている姿を見ていると、ひどく落ち着かない気持ちになる。

どうやら二人はオーウェンの知り合いの娘であるらしい。普段自分に向けるのとは違う、大人びた表情と言葉遣いを目の当たりにすると、何だか胸の奥がざわついてしまう。

（私以外の人には、あんな感じなんだ……）

しばらくして、少女たちは満足したように去っていったが、オーウェンが自分の隣に戻ってきても居心地の悪さは拭えなかった。

「すまない、待たせたな」

「大丈夫。それより、お店に入りましょうか」

ざわつく胸の内をオーウェンに知られてはいけない気がして、ルイーズは何事もなかったように笑みを貼り付けた。

＊　＊　＊

人形店を出たあと、物見をしながら細い通りを北へと進んでいけば、目的地はすぐ目の前だった。

王城へと続く西グエルド橋のすぐ側、様々な商店が並ぶ区画の中心地に、ルイーズの叔父が営む書店がある。

三階建ての石造りの建物は建国当時からある古い物だが、店自体は五年ほど前に開店したので、内装は比較的新しい。

ルイーズの叔父であるハロルドは元々騎士だったが、戦争が終わると騎士団をやめ実家の書店を継いだ。

戦いだけでなく商売のセンスもあったのか、店は軌道に乗り、その稼ぎでルイーズの援助などもしてくれている。

「そういえば、オーウェンは叔父さんと会ったことがあるの？」

「会うどころか、俺の元上官だぞ」

「えっ、そうなの？」

「カサドにいたころのな。あの人だけは傭兵上がりの俺たちを認めてくれた。おかげで今があるようなもんだ」

「全然知らなかった」

「戦争中のことはあまり話すなって言われていたしな。今は優しいけど、昔は悪魔のように怖い人でね」

それをルイーズに知られたくないらしいと声を潜めるオーウェンに、ルイーズは苦笑する。

「じゃあ、今の話は叔父さんには内緒にしておくわ」

「そうしてくれ。さもないと、俺が殺される」

書店の扉を開ける横顔がわずかにこわばっていたので、叔父が怖かったというのは嘘ではないらしい。

けれど店内に入れば、悪魔という言葉がまるで似合わぬ穏やかな笑顔が迎えてくれる。

「ルイーズ、よく来たね！」

店の奥から現れたルイーズの叔父ハロルドは、軽やかな足取りでルイーズに近づくと、彼女をぎゅっと抱きしめる。

若々しい顔立ちであるため、オーウェンと同い年くらいに見えるが、これでも彼はもう四十を越えている。

「元気にしていたかい？」

「ええ。それに、店の方も順調よ」

「それはよかった。だが、最近はあまり私を頼ってくれないし、少し寂しく思っていたんだ」

「叔父さんにはこれまでさんざんお世話になっているし、これ以上甘えられないもの」

両親が亡くなって以来、叔父のハロルドはずっとルイーズと彼女の店によくしてくれている。

それに時折こうして会って話ができるだけで、家族のいないルイーズとしては嬉しいことだ。

「でも急に来てごめんなさい。今は大丈夫だった？」

「ああ。手紙はもらっていたし、そろそろかなとは思っていたんだ」

ハロルドの言葉にほっと胸を撫で下ろしながら、ルイーズは改めてここに来た顛末《てんまつ》を話す。

そこでようやくオーウェンが側にいることに合点がいったのか、ハロルドはオーウェンの肩を親しげに叩いた。

「オーウェンが一緒でよかったよ。近頃は王都も少し物騒だし、ルイーズに何かあったら大変だからね」

「そうなの？　街を歩いてきたけど、特におかしなところはなかったわよ」

「夏前に起きた連続殺人ほどじゃないが、ここでも色々あるんだよ」

だからルイーズをよろしくと、ハロルドがオーウェンに微笑みかける。

その表情は終始和やかで、やっぱり悪魔だなんて大げさすぎると思ってしまう。

（でも、叔父さんがオーウェンの恩人だっていうのは本当なのかも）

ハロルドに対するオーウェンは敬語を崩さず、ルイーズの前では見せない品の良い振舞いと笑顔で言葉を交わしている。

とはいえ決して堅苦しいというわけではなく、お互いの顔は懐かしさにほころんでおり、改めて二人が親しいということをルイーズは実感した。

「ねえ、少しお店の方を見てきてもいいかしら？　その間、よかったら二人で話していて」

自分以上に積もる話がありそうだからと微笑むと、二人は同時に申し訳なさそうな顔をする。

「個人的に買いたかった本もあるし、ちょっと行って探してくるわね」

同じ表情を浮かべる二人に思わず笑ってしまいながら、彼らに気を遣わせないよう、ルイーズはさっとその場を後にする。

もう少し叔父と話がしたい気持ちはあったけれど、カサドにまだ流通していない本を探すのもこの旅行の目的の一つだ。

だから今のうちに店を回り、二人の会話が終わったあと、叔父とはまたゆっくり会話をしようとルイーズは考える。

（そういえば、『女盗賊フェデーナ』の設定に似た小説が出てるって噂を聞いたけど、置いてあるかしら）

王都一の品揃えを誇る叔父の店なら、もしかして並んでいるのではないかと思い、ルイーズは店の奥に向かう。

入り口の方は大人向けの本が並んでいるけれど、ハロルドの店には他では珍しい子ども向けの本を取り扱った棚があるのだ。

だがその場所に足を踏み入れて、ルイーズはふと違和感を覚える。

（ここ、何だかずいぶんと寂しくなったな……）

長い戦争のせいで一時は多くの学校が閉鎖されたイルヴェーザだが、それでも他国よりは読み書きのできる子どもは多く、ハロルドの店は子どもにとても人気があった。

大人向けの本より売り上げが悪いからと子ども向けの本を取り扱わない店も多い中、子どもたちに人気のある冒険小説や恋愛小説は必ず仕入れてくれるし、本が読めない子どものためにと定期的に行われる本の読み聞かせには、常に多くの子どもたちが集まっていた。

だから、店の奥はいつも子どもたちで溢れていたのに、今日は数えるほどしかいない。棚を見ても、ハロルドが仕入れに手を抜いているようには思えないし、壁には読み聞かせの告知チラシも貼ってあるので、経営方針に変わりはなさそうだ。

となれば、何か別のところで変化があったのだろうかと考えていると、不意に棚を挟んだ反対側の通路で、本の落ちる大きな音がした。

「はなしてっ！」

そして耳に微かに届いたのは、小さな女の子の声で、ルイーズは慌てて棚の反対側へと回り込む。

「何をしているの!!」

思わず叫んでしまったのは、怪しげな男が、小さな少女を無理やり抱え上げていたからだ。

肩に担《かつ》ぎ上げられた少女はぐったりとしていて、この不審者に殴られたのか頬が赤く腫れている。二人の顔は似ても似つかないし、この様子から親子でないのは間違いない。

「そこをどけ……」

騒ぎを他の人に感づかれたくないのか、低くドスの利いた声で不審者が告げる。

その手にはナイフが握られており、ルイーズは考えもなしに声を出してしまったことを後悔した。相手は大柄で、どう見ても敵う相手ではない。

（でもここで引いたら、この子が……）

「早くどけ。お前も、痛い目に遭いたいのか？」

紡がれる言葉は、小説でもよく見かける脅《おど》し文句なのに、実際、面と向かって言われると、ルイーズの身体は地面に縫い付けられたように動かなくなる。

だがそれでも、恐怖を堪えて不審者を睨みつけていると、背後から逞しい腕がルイーズを押しのけた。

「下がっていろ」

そんな言葉と共に不審者に近づいていくのはオーウェンで、彼の登場を予想していなかった不審者は目を見開いたまま硬直する。

大柄とはいえ、不審者とオーウェンとでは体格がまるで違う。鍛え上げられた筋肉を鎧のように纏ったオーウェンと比べれば、不審者の身体は子どものようなものだ。

その巨軀からは想像もつかない素早さで、オーウェンがぐっと距離を詰めてくるのだから、勝ち目などあるわけがない。

「ぐぅっ!!」

筋肉質な腕が鞭のようにしなり、なすすべもない不審者の腕からナイフを叩き落とす。

そしてそのまま不審者の腹部に右の拳をたたき込むと、不審者は苦悶の声を上げる余裕すらないまま、地面に膝を突いた。

不審者の腕から素早く少女を奪い返したオーウェンは、そこで息をふっと吐いて、ゆっくりとルイーズの方へと後退した。

「怪我はないか？」

少女救出までの動きをほんの数秒のうちに終えたというのに、オーウェンは呼吸を乱すことなく、ルイーズの心配をする余裕まである。

一方で、先ほどの一撃はかなりの威力だったのだろう。不審者は腹を抱えながら床に倒れ込み、わずかなうめき声を上げることしかできないようだった。

「私は大丈夫だけど、この子は？」

「息はあるし、見たところ大きな怪我もなさそうだ」

少女の様子を見てオーウェンは冷静に判断するが、ルイーズは彼の顔色がひどく悪いことに気がついた。

少女を見つめる瞳は悲しみに震えていて、拳をきつく握りしめることで苦しみをやり過ごしているように見える。

（そういえば、オーウェンの妹さんも人攫いにあったって……）

そのときのことを思い出しているのかもしれないと気づき、ルイーズはそっとオーウェンの拳を手のひらで包み込んだ。

「あなたがいてくれてよかった」

ハッと顔を上げたオーウェンに優しく微笑むと、少しだけ彼の表情がほぐれた。

「二人とも無事か？」

オーウェンの顔色が戻りつつあることにほっとしていると、ハロルドがやってきた。

その手には現役時代に使っていたとみられる剣が握られていたが、ルイーズたちの無事な姿を見ると、彼はほっとしたように剣を側の棚に立てかけた。

「お前がいてくれてよかったよ」

オーウェンに笑みを向けたあと、ハロルドはルイーズを抱きしめ怪我はないかと尋ねる。

「私は大丈夫だけど、この子を病院に連れて行ってあげて」

「斜向かいに診療所があるから、まずそこに運ぼう。だが、それにしても……」

困惑した表情のまま、ハロルドは倒れている男に近づいた。

元騎士だけあってためらいもなく、倒れた男を乱暴にひっくり返してその顔を確認する。

「まさか、うちの店にまで来るなんてな……」

「その言い方、もしかして常習犯なんですか？」

オーウェンの問いかけに、ハロルドは顔をしかめ、頷いた。

「近頃、この王都では、少しややこしい事件が起こっているんだ」

いったいどういうことだろうかと、ルイーズとオーウェンは思わず顔を見合わせる。

そんなとき、突然店の入り口の方が騒がしくなり、大勢の足音がこちらへと近づいてきた。

音の感じからしてハロルドが呼んだ騎士だろうと思ったが、振り返るとそこには騎士らしからぬ美丈夫が一人立っていた。

「……これは、ずいぶんと珍しい」

大勢の騎士を引き連れるようにして現れたその男は、騎士と言うよりも王子と言った方が正しい装いをしていた。

王立騎士団に所属する高位の騎士であることを示す、白色の制服と短い赤いマントに身を包んだ男は、腰に黄金色の剣を携え凛々しく立っている。

その黄金色にも負けないほど美しく長い金糸の髪と、中性的な顔は女性のように繊細で、その容姿は『女盗賊フェデーナ』に出てくる王子にとてもよく似ていた。

「ヘイデン……」

どこか憎々しげな声で彼の名を呼んだのは、オーウェンだった。

そしてその名前を聞いて、ルイーズはようやく相手の素性を悟る。

国王直属の騎士団に所属しているヘイデンと言えば『ヘイデン＝クルマン』に違いない。

彼はカイルやオーウェンと並ぶ英雄の一人とされており、由緒正しい貴族の家柄であることも相まって、女性たちの人気が非常に高いと噂の騎士だ。

正直、顔も雰囲気もルイーズの好みではないが、彼をモデルにした恋愛小説がいくつも出版されているので、彼女もその名前だけはよく知っていた。

(確かに、あやかりたい気持ちはわかるかも)

この顔なら絶対に売れると、状況を忘れてヘイデンを観察していると、ふと彼がルイーズに目をとめた。

彼はすぐさま目を大きく見開き、じっとルイーズを見つめてくる。

(売れそうって思ってたのが、顔に出てたかしら……)

ヘイデンの視線に耐えられず、ルイーズは側にあったオーウェンの服の裾をぎゅっと握りしめる。

するとオーウェンはヘイデンに油断のない視線を向けながら、救い出した少女を側にやってきた騎士に優しく託《たく》した。

「仕事で来たなら、さっさとすべきことをしろ」

オーウェンがヘイデンに釘を刺せば、ようやく我に返ったのか、控えていた騎士たちに不審者を連行するよう命じる。

少女を病院に連れて行くようにという指示も聞こえ、ルイーズは少し安心した。

(……でも、まだ見られてる)

騎士たちが忙しく動き出したというのに、ヘイデンだけはその場に残りじっとルイーズを見つめていた。

その居心地の悪さに思わずオーウェンの背に隠れようとしていると、ヘイデンが素早くルイーズたちとの距離を詰めてくる。

「不躾《ぶしつけ》で申し訳ないが、あなたの名前をうかがってもよろしいだろうか？」

彼を睨むオーウェンの視線に目もくれず、ヘイデンは無駄に輝く瞳をルイーズに向けてくる。

「ル、ルイーズ＝ビエラです」

ヘイデンの勢いにうっかり呑まれ、ルイーズは自分の名を口にしてしまう。

英雄だけあって、彼には不思議な威圧感もあった。

「私はヘイデン＝クルマン。騎士をしています」

「そんなの、見りゃわかるっての」

少々乱暴な口調で言葉を挟み、ヘイデンを遠ざけようとしたのはオーウェンだった。

「相変わらず乱暴だな。少しはマシになったかと思ったが育ちの悪さは相変わらずか」

顔も声も美しいせいで、その言葉はより冷ややかに聞こえた。

見かけによらず感じが悪いな、とルイーズも眉をひそめたが、ヘイデンがそれに気づいた様子はない。

「もしこれに言い寄られているのだとしたら、やめておいた方が懸命ですよ。今でこそ良い身なりをしているが、元々こいつは傭兵で、騎士団の中でも『荒くれ騎士』とまで言われていた素行の悪い男なんです」

ヘイデンは見下したように言うが、彼が今言ったことはルイーズも知っている。

(むしろ、そういうところが素敵なのに)

なんてことをうっかり考えてしまい、ルイーズは思わず赤くなりうつむいた。

だがそれがいけなかったのだろう。ヘイデンはルイーズが自分としゃべることに照れていると思ったらしく、さらに距離を詰めようとまた一歩踏み出す。

「おいおいおい、俺のかわいいルイーズを喧嘩の種にするんじゃないよ」

けれど縮まりかけた距離は、ハロルドの低い声によって再び開く。

顔は笑っているが、聞こえてきた声には明らかな怒気があり、ヘイデンは慌てた様子で頭を垂れた。

「ハロルド副団長閣下のご親戚とは知らず、失礼なまねを」

「元副団長だ。それに俺も、どちらかと言えば育ちは悪い方だぞ?」

そう言って腕を組むハロルドの家は、代々書店を営む商家だ。

イルヴェーザの騎士の大半が貴族の出である中、王立騎士団で副団長を務めた彼の経歴は異色であり、それを揶揄する者も少なくなかったことはルイーズも父から聞いていた。

「イルヴェーザ人でもない彼らとあなたは違いますよ」

「こいつらだって、立派なイルヴェーザ人だ。オーウェンたちの活躍がなかったら、今頃この国自体がなくなっていたかもしれんぞ」

「彼らがおらずとも、この国には私がいました。……それに、こいつらの功績はただの偶然ですよ」

冷ややかな笑顔には絶対の自信が見て取れ、ルイーズはますます彼が嫌いになっていく。

けれどヘイデンはルイーズの気持ちなどまるで気づかず、隙あらば視線を送ってくるからたちが悪い。

「そうだ。よろしければ、明後日開かれる式典にご一緒しませんか？　パートナーを探していたんですが、あなたならぴったりだ」

「いいえ、私は……」

「身なりを気にしているのなら、私がぴったりのドレスを見繕って差し上げますよ。式典の後は私が王城の中を案内して差し上げましょう」

どうだ食いつけとばかりに、甘い提案をばらまくヘイデンに、ルイーズは怒りを通り越してあきれ果てる。

今まで何度も、金と引き替えにデートをしようと貴族たちから誘われたことがあったけれど、ルイーズが断るなんて微塵も思っていないという態度は初めてだ。

「まずは、今から一緒にお茶でもどうです？」

「えっ、でも今あなた仕事中ですよね？」

「部下に任せておけば済むことばかりですので」

まったく悪びれない物言いに、ルイーズはさらにげんなりする。

（……こんなのが、オーウェンたちと肩を並べる英雄だなんて信じられない）

笑顔で言い切るヘイデンに引きつった笑みを向けていると、不意にぐっと横から肩をつかまれる。

肩を抱き寄せたのはオーウェンで、彼は威嚇《いかく》する犬のように肩を怒らせ、ヘイデンを睨みつけていた。

「残念だが、彼女は俺のパートナーだ」

突然の言葉にルイーズは驚いたが、ここで怪訝そうな顔をしたらヘイデンに突っ込まれそうだったのでルイーズは慌てて頷く。

「本当にこいつと行くつもりですか？」

「えっ、ええ。私たちその、そういう関係なの！」

そう言ってオーウェンにしなだれかかれば、ヘイデンはショックを受けたのか大仰《おおぎょう》に天を仰いだ。

「……よりにもよって、こんな野蛮《やばん》な男と」

「そっ、そこが好きなの！」

だめ押しとばかりに叫ぶと、ヘイデンは渋々とだが引き下がる気になったらしい。

「ですが、私の隣は空けておきます。その男に嫌気が差したら、是非私の側に」

念押しするようにルイーズをじっと見つめたあと、ヘイデンはその場を後にする。

彼が店を出ると、残っていた騎士たちも彼を追い、その場には三人だけが残された。

そのことにルイーズはほっとするが、空気はまだ少し張り詰めている。

「……それで、俺はオーウェンを殴るべきなのか？」

「なっ、殴る？」

「俺はお前の親代わりだし、娘が連れてきた恋人は殴るべきだろう？」

「ごっ、誤解よ誤解！　ああ言わないとヘイデンが引かないと思って！」

「でも、こっちは誤解だとは思っていなさそうだぞ」

そう言ってハロルドが指さしたのは、惚《ほう》けた顔で虚空を見ているオーウェンで、彼は

「好きって言われた……」「もう、死んでもいい」などとぶつぶつと呟いている。

その情けない姿にルイーズはがっかりすることしかできず、岩のような拳を持ち上げるハロルドのことも、止めることができなかった。

＊　＊　＊

夕暮れに彩られた王都をゆっくりと歩きながら、オーウェンとルイーズはカイルの屋敷

に向かっていた。

街灯の多い王都の通りは、暮れかけていてもカサドと比べてずいぶんと明るい。

仕事を終えた人々が家路を急ぐ中、二人の足取りは非常に重い。

その理由は、一歩歩くたび、その振動でオーウェンの頬が激しく痛むからである。

「……大丈夫?」

「問題ない」

本当はまだすごく痛いけれど、オーウェンはつい見栄を張ってしまう。

けれどオーウェンの考えなどお見通しなのか、ルイーズは彼を支えるように付きそい、ゆっくり歩いてくれる。

「叔父さんがあんなことをして、本当にごめんなさい」

「いいんだ。下心があるのは事実だしな」

実際、店に入ってすぐ「あの子に気があるのか?」とハロルドに釘を刺されたときから、こうなることは予想していた。

ルイーズがいなくなったとたん、上官時代の恐ろしい形相で二人の関係を聞かれ、返答に困っていた最中の騒ぎだったのだ。

「誘拐犯が来なきゃ、たぶんもっとひどいことになってたと思うしな」

喜べることじゃないけどと付け足しながら、オーウェンは頬を擦る。

「それにしても、あの叔父さんの店で子どもを誘拐しようなんて馬鹿な犯人よね」

「言葉にずいぶん訛《なま》りがあったし、この国の人間じゃないのかもな。近頃、イルヴェーザ各地で外国人による子どもの誘拐が増えてるって話だし」

子どもを誘拐し、海の向こうの国で奴隷商人に売るのだと説明すると、ルイーズは歯がゆそうに唇を噛んだ。

「カサドでも、同じようなことが起きているの？」

「カサドはないな。カイルが目を光らせてるのがだいぶ効いてる」

『イルヴェーザの獣』の異名を持つカイルの評判は、この国だけでなく他国にまで広がっている。

その恐ろしげな面立ちと、悪魔を思わせる容赦のない剣さばきは傭兵時代から有名で、今なお彼の名前は畏怖の象徴なのだ。

「あいつのおかげで、犯罪者どももカサドは避けて通ってくれるからありがたいよ」

「でもそれなら、王都だって騎士がいっぱいいるし避けそうなのにね」

「騎士は多いが、その分人口も多いし街も広い。こういう場所の方が、悪事を働きやすいんだろう」

とはいえ白昼堂々、それも店の中で犯罪が行われているのを見ると、騎士たちの怠慢を感じてしまう。

（ヘイデンの野郎もまじめに仕事をしているようには見えなかったし、こりゃカイル共々呼び出しがかかるかもな……）

さっさと式典だけ済ませて、あとはルイーズと物見遊山に出かけたかったのにとため息をついていると、いつの間にかカイルの屋敷の前まで来ていた。

気がつけばもう日は沈み、大きな邸宅が建ち並ぶこのあたりは広い庭のせいで屋敷の明かりも届かず、あたりは少し薄暗い。

何だか幽霊でも出そうだなとぼんやり考えていると、不意にルイーズの歩みが止まった。

（そういえば、昼間あれだけ怖がってたのに、夜は大丈夫なのか？）

街灯にぼんやりと照らされたルイーズの顔を見れば、目の前に迫った幽霊屋敷に怯えているのが見て取れる。

「俺の部屋と替えてもらうか？」

「そっちは出ない？」

出ないと即答したかったが、着いてから既に四回ほど、妙な視線を感じたことが頭をよぎる。

「やっぱりいるんだ……」

「でも、姿が見えるわけじゃないし」

「見えないのが余計に怖いんじゃない！」

そう言ってむっとする顔もかわいいなと思ってしまうが、彼女にとっては笑いごとではないだろうから、にやけ顔は引っ込める。

「じゃあ、怖いって素直に言ってハイネちゃんと一緒に寝るのはどうだ？」

「カイルさんから奪えないわよ」

「……確かに、あいつ大人げないところあるからな」

いっそ自分も一緒に寝ると言い出しそうな気がして恐ろしい。

「なら、酒でも飲んで寝ちまうのはどうだ？　そうすれば、怖いものも見なくてすむ」

この提案には興味があるのか、ルイーズは真剣な顔で悩み始める。

「私、お酒はあまり飲んだことがないんだけど酔えるかしら？」

「まあ、やるだけやってみたらどうだ？」

駄目だったらそのとき考えればいいと笑えば、ルイーズはようやく屋敷に帰る決心がついたらしい。

「じゃあ、強いお酒をもらおうかしら」

「くれぐれも飲み過ぎるなよ？　頭痛や吐き気がするようならやめておいた方がいい」

「眠くなる程度でしょう？　さすがにそれくらいの調節はできるわよ」

そう言って微笑むルイーズに、オーウェンも笑顔を返した。

＊　＊　＊

（これだけあれば十分よね）

その夜、ルイーズは厨房《ちゅうぼう》でもらったワインボトルを手に部屋に戻った。

酒をたしなむ趣味はないので飲み方などわからないが、ボトルと一緒に持ってきたグラスになみなみと赤ワインを注ぐと、一刻も早く恐怖を消そうと、ルイーズは一気にそれをあおった。

（うわっ、確かにこれは効くかも）

強いアルコールに頭の奥が痺れて、体温がじわじわと上がっていくのがわかる。

ふわふわと漂うような感覚はとても心地よくて、確かにその瞬間は怖い気持ちがすぅっと薄れていくようだった。

「あれ……」

けれど、その心地よさは意外に長くは続かない。

お酒を飲んだその一瞬は気持ちいいのだが、飲み下すと同時にすっと身体が冷えてしまうのだ。

（もっと飲まないと駄目なのかしら？）

さらにもう一度グラスに注ぎ、ルイーズは再び一気にあおる。

（うーん、まだっぽいわね）

まだ酔えず、さらに厨房から持ってきたボトルを一本、二本と空けていくが、効果はない。

ふわふわした心地はするけれど、すべてを忘れられるような感覚はなく、むしろじっと待っているその時間がだんだん怖くなってくる。

「駄目じゃない！」

怖さを忘れるため、あえて声を出しながら、ルイーズはうろうろと部屋を歩き回った。

でもやっぱり酔いは訪れず、募っていくのは酔えない自分への苛立ちと「オーウェンの嘘つき」という八つ当たりの感情だ。

そうしているうちに、燭台の蝋燭《ろうそく》の光はだんだん小さくなり、部屋の暗さが増していく。

「駄目だ、もう無理」

今にも何かが出てきそうな雰囲気に耐えきれず、ルイーズは夜着の上からローブを羽織り、そのまま部屋を抜け出した。

だが廊下も薄暗くて怖い。一瞬でも立ち止まると何かに捕まってしまいそうに思え、ルイーズは早足で二つ隣にあるオーウェンの客間へと向かう。

なぜだか無性に彼に会いたくなってしまったからだ。

「オーウェン、いる？」

いつもならためらうところだが、その声に遠慮はない。

「早くしないと、勝手に開けるわよ？」

ルイーズが遠慮なく扉を叩くと、少しして内側から扉が開く。

「お酒、効かない」

拗《す》ねた顔で告げた瞬間、オーウェンは目を覆い、うめきながら天を仰いだ。

「俺は今、君に酒を勧めたことを猛烈に後悔している……」

「とにかく入れて。あと、強いお酒があったらちょうだい」

入れてと言うのと同時に部屋に入ると、ルイーズの部屋よりこちらの部屋の方が幾分か明るかった。

それにほっとしながら、ルイーズは我が物顔で部屋の奥へと進入し、大きなベッドの上にちょこんと腰を下ろした。

「その顔、ずいぶん酔ってるな」

「酔ってないわ。だって、怖いの消えないし」

「ちなみに、どれくらい飲んだ？」

「ワイン三本」

「そんなにか⁉」

「でも足りないし、眠くもならない」

そして怖いと呟きながら、ルイーズは羽織っていたローブをぎゅっと握りしめる。

そうしていると少しだけ酔いがさめ、ルイーズは今更のように勢いでここに来てしまったことが恥ずかしくなる。

(それにこれ、誘ってるってことになっちゃうのかしら)

ローブを羽織っているとはいえ、今のルイーズは夜着姿だ。

そんな格好で異性の部屋に乗り込み、あろうことかベッドに腰掛けるなんて浅はかすぎる。

(前にも一度、間違えたのに私また……)

同じことを繰り返してしまったかもしれないと後悔していると、オーウェンがルイーズの隣にどっかりと腰を下ろした。

そのことに今更身体を硬くしていると、大きなため息をこぼされる。

「安心しろ、轍《てつ》は踏まない」

それにほっとする一方で、心のどこかで残念だと思っている自分がいるのに気づき、ルイーズは落ち込んだ。

「頼むから、酔った勢いでキスはするなよ。君のキスは、色々歯止めが利かなくなる」

「しっ、しないわよ！」

「なら、ここにいてもいい。俺はルルちゃんをだっこしてソファで寝る」

「ルルちゃん持ってきてたんだ」

「ああ、旅行中はいつも一緒だ」

そう言って、枕元に置かれていたルルを膝の上にのせ、オーウェンはそれをぎゅっと抱きしめる。

筋肉に覆われた巨体が人形を抱える姿は滑稽で、いつもなら気持ち悪いと大騒ぎするのに、今日はほんの少しだけルルがうらやましいと思う。

「それ、妹さんのだっけ」

「ああ、そして今は俺の宝物だ」

「大事にされてて、何だかちょっとうらやましいわ」

いつもなら絶対に口にしないような言葉が、ついぽろりとこぼれる。

とたんに、胸の奥に言いようのない寂しさが溢れてきて、ルイーズはローブを握る手に力を込めた。

酔いが覚めて冷静になってきたと思ったのに、何だか急に頭の奥が熱くなる。

おかしいと思ったときには目から涙が溢れ、言いようのない不安が胸の奥から染み出してくる。

それにぎょっとしたのはオーウェンで、彼は戸惑った様子でルイーズの頭を撫でる。

「突然どうしたんだ」

「私もわかんない……。でも、なんか変なの……」

突然不安や寂しさがこみ上げてきて、ルイーズにはそれを抑えることができない。

そのうえオーウェンに助けを求めようとすると、彼が大事そうに抱えているルルが目に入り、それが余計に気持ちをおかしくさせる。

相手は人形なのに、オーウェンがそれをぎゅっと抱きしめているのを見たら、無性に寂しくなってしまったのだ。

「私には、宝物だなんて言ってくれる人いないのに」

寄ってくるのは、昼間のヘイデンみたいな男の人ばっかりと呟きながら、ルイーズはぽろぽろ涙をこぼす。

「お前、酔うと泣いてこじれるたちか！」

「酔ってないわよ！　酔えないから、眠れないし怖いし寂しいんじゃない！」

酔えないことはもちろん、どうして自分は色々なことがままならないのかと苛立ちまで感じ、ルイーズは泣きながらうつむいた。

何でこんな気持ちになるのかもわからないし、どうしたら心が落ち着くのかもわからない。

こんなに混乱したのは両親が亡くなったとき以来だと考えると、今度は当時の悲しみまで蘇ってきて、いよいよ自分の気持ちに収拾がつかなくなる。

「お母さんと……、お父さんに会いたい」

この数年間、一度も口にしなかった感情まで言葉になって溢れ出し、ルイーズは子どものように泣きじゃくってしまう。

その直後、小さくなっていたルイーズの背中に、オーウェンの手のひらが優しく置かれる。

そして彼は、ルルをどかすとルイーズを膝の上にのせ、さらに強く抱きしめた。

「どうしよう……涙止まらない……」

「止めなくていいぞ」

「でも、シャツに鼻水が……」

「気にするな。酒を飲ませたのは俺だし、鼻水なんてかわいいもんだ」

優しい声をかけられ頭を撫でられると、また涙が溢れてきてしまう。

そのまましばらく泣き続けていると、ようやく気持ちが少し落ち着いてきた。

頭はぼんやりするし、胸の奥にはもやもやとしたものが残っていたけれど、優しく頭を撫でられていると、少しずつ気分はよくなってくる。

「落ち着いたか？」

オーウェンが、ルイーズの顔を覗き込む。

正面から見たオーウェンの顔は優しくて、彼の温かい灰色の瞳に見つめられると、ひどく安心する。

「落ち着いたみたい」

「なら、もう二度とお酒は飲むなよ。君は飲酒に向いていない」

「勧めたのはオーウェンなのに」

「泣き上戸《じょうご》だなんて思わなかったんだよ」

それから彼は、ベッド脇に置いてあった水差しを取りコップに水をそそぎ入れると、優しくルイーズに飲ませてくれる。

「ありがとう、もう大丈夫」

「それはよかった」

乱れた髪をととのえるようにして、オーウェンがルイーズの頭を再び撫でる。

無骨で大きな手からは想像もつかない優しい手つきは心地よく、ルイーズはつい目を細めてしまう。

そうしていると今度こそ本当に落ち着いたけれど、ルイーズはまだオーウェンの膝の上から降りることができなかった。

ルイーズの腰に回された腕はすぐにでも振りほどけそうなのに、今は彼の側から離れたくないと思ってしまう。

（私、まだ酔ってるのかしら）

頭ではそう考えながらも、それだけが理由でないことはなんとなく気づいていた。

「ルイーズ」

彼に優しく名前を呼ばれると、くすぐったいような、甘酸っぱいような気持ちになるのはたぶん酔いのせいじゃない。

認めたくないと意地を張って隠し続けてきた、彼への好意だ。

「……オーウェン」

彼のシャツをぎゅっと握りしめながら、ルイーズの口から何かを求めるような声がこぼれた。

「その声、キスと同じくらい凶悪だな」

耳元でこぼれた声に、ルイーズはそっと顔を上げた。

先ほどまではただ穏やかだった彼の瞳に、今は欲望の熱が宿っている。

「ねえ、オーウェンはその……処女は嫌？」

「なっ……!?」

何を言い出すんだと目を丸くする彼以上に、ルイーズは自分の言葉に驚いていた。

「ハイネにも確認してたみたいだし、処女だってわかったとたん顔色が変わってたからその……」

ルイーズの言葉に、オーウェンはひどく戸惑ったようだった。

だが誤魔化すようなことはせず、彼はためらいながらも、吐息を一つ漏らし、口を開く。

「まるで問題がないと言えば嘘になる。……実はその、妹を見つけたとき、彼女は男に……」

酔いが回っているルイーズでも、その先は聞かなくてもわかる。

「そのときのことが、痛みを訴える君の声で蘇ってしまったんだ。君に経験がないとは思っていなかったから、その驚きも引き金になったんだと思う」

「じゃあその、嫌なわけじゃない？」

「ああ。でも君は、いいのか……？」

ためらいがちなオーウェンの言葉で、いつもは本心を封じ込めている心のふたが、わずかに開いた気がした。

「あなたにキスされて、嫌じゃなかったの。キスの他にも、今日のデートも、嫌じゃなかったし、たぶん私――」

あなたが好きと、言いかけた声は吐息ごとオーウェンの唇に奪われた。

「オー…ウェン……」

こぼれる声は、甘い口づけによって蕩けていき、ルイーズの気持ちは自然と絡まる舌を伝い、オーウェンに流れ込んでいく気がする。

「嫌だなんて、思うはずないだろ。あのときは、俺も色々余裕がなかっただけだ」

唇が離れると同時に、甘い声がルイーズの耳をくすぐる。

「余裕がないのは、今も同じか」

「あっ……」

「俺は、君のこととなるといつも余裕がなくなるな」

優しく頭を抱き寄せられ、ルイーズの耳がオーウェンの胸に重なる。

厚い胸板の奥から響くオーウェンの鼓動はうるさいくらいに激しく、どうやらオーウェンの言葉は事実らしい。

それがわかると急に、彼のことがもっと身近に感じられて、ルイーズは少し嬉しくなってしまう。

「私も……同じよ……」

「本当に？」

「……好きなのに、素直になれなくて」

彼の人形好きに驚いたせいもあるけれど、今思えば結局それは言い訳だった。

ルイーズは彼に一目惚れしていたし、ハイネの事件で協力してくれたときから本当はずっと彼に好意を寄せていた。

けれど初めての恋だったから、その扱い方がわからず混乱し、心の平穏を保つために逆に彼を遠ざけようとしていたのだ。

（でも、胸がドキドキするのも苦しくなるのも、きっとおかしなことじゃないんだわ）

だってオーウェンの心臓も、こんなに激しく鼓動している。

だからきっと、これは恋の証だ。

「同じ気持ちでいてくれるなら、嬉しいよ」

甘い囁きと共にもう一度唇が触れ合うと、ルイーズの胸に深い喜びが溢れる。

「これが夢でないと、確認してもいいだろうか？」

「確……認……？」

「君を感じたい。叶うなら、この前の続きを」

キスの合間に挟まれた言葉に、身体がわずかにこわばる。

それに気づいたオーウェンが唇を離しかけるが、ルイーズは意を決して、自分から強く吸い上げた。

（今までずっと逃げてきたんだもの……。今日は、ちゃんと素直になりたい）

そして、初めてキスをしたあの日、確認できなかったお互いの気持ちをちゃんと確認したい。

そんな気持ちで、ルイーズはオーウェンの唇をついばみながら、逞しい身体に腕を回す。

それが受け入れの兆しだとわかったのか、オーウェンもまたルイーズを抱きしめた。

「今度は、君を突き放したりしない」

少し乱暴に、纏っていたローブをはぎ取られ、薄い夜着姿のルイーズがオーウェンの眼前に晒される。

「本当に、君の肌は綺麗だな」

ゆっくりと腕を持ち上げられ、滑らかな白い肌がオーウェンの唇に寄せられる。

「んっ……」

そのまま手首の内側に口づけされると、身体の奥に感じたことのない疼きが走った。

「俺はずっと、人形以上に美しいものはないと思っていたが、それすら君には敵わない」

手首から二の腕へとゆっくり唇を這わせながら、オーウェンはまるで喰らうように、ルイーズの腕に赤い印を残していく。

「あっ……なんか……変……」

そのたびに、先ほど感じた疼きは大きくなり、口づけが肩をたどり、首筋に至ると、恥ずかしい声まで溢れ出てしまう。

「首が好きか？」

「ひゃっ…ッ!?」

首筋をちゅっと音を立てながら吸い上げられると、大きな声がこぼれ、びくんと身体が跳ねてしまう。

「そこ…だめ……」

「相変わらず、素直じゃないな」

「あ…ゃ…んっ、変…に……」

唇と共に、熱い舌で荒々しく嬲《なぶ》られると、身体の奥だけでなく頭まで痺れてきて、お酒を飲んだときのように身体中がかっと熱くなる。

急な身体の変化が怖くなり、思わずオーウェンの頭を遠ざけようと彼の肩に手をかけるが、ルイーズのささやかな抵抗では彼はびくともしない。

よく見れば、余裕がなくなると言っていたのが嘘のように、オーウェンは落ち着き払っているようにも見えた。

「オーウェンは、こういうこと……初めてじゃないのよね？」

「好きな相手とするのは初めてだ」

だがそれなりに経験があることは察せられ、ルイーズは少し悲しくなる。

「他の人より、うまくできなかったら……ごめんなさい」

か細い声に、オーウェンが苦笑しながら少しだけ身体を離し、ルイーズの顔を改めて覗き込む。

「謝るのは禁止だ」

「でも……」

「君の初めての相手になれて、すごく嬉しい」

嘘じゃないと重なる声に、ルイーズの身体から余計な力が抜けていく。

「大事に抱くから、安心して身を任せてくれ」

「……っ、ぅン」

甘い言葉と共に首筋をもう一度吸い上げられると、ルイーズの唇が震え、おかしな声がこぼれてしまう。

「……だめ……声……でちゃう……」

「それは、君が感じている証拠だ。おかしなことではないし、もっと溺れて欲しい」

「溺れ……る……？」

「望むまま、俺を受け入れていればいい」

それまではただただ甘かった声に荒々しい欲望の色を混ぜながら、オーウェンはルイーズの耳朶を甘く噛み、さらに強く彼女を抱きしめる。

そうされると、小柄なルイーズはまるで硬い肉の牢《ろう》に閉じ込められたような気分になる。鍛え上げられたオーウェンの肉体は分厚く、筋肉に覆われた胸板は石壁のように硬いからだ。

（でも不思議……何だか…安心する……）

胸の形が崩れるほど強く身体が触れ合うと、薄い夜着とシャツを通してお互いの熱が混じり合う。

それがあまりに心地よくて、熱と一緒にこの身体も溶け合って、一つになれればいいのにとルイーズはぼんやり考えてしまう。

「ルイーズ」

溶け合いたいと思っていた気持ちは一緒だったのか、オーウェンがルイーズの夜着をゆっくりと取り払う。

そして彼も纏っていたシャツを乱暴に脱ぎ、もう一度、今度は遮るものなしに二人は肌を合わせる。

「あっ……ッ!?」

直後、オーウェンは喜悦《きえつ》に震えるルイーズの唇を荒く舐め上げる。

再び始まった刺激に身体が揺れ、あらわになっていた乳房がオーウェンの硬い胸板に擦られる。

するとルイーズの胸の先端に甘い疼きが走り、その頂《いただき》は淫らに熟れ始めた。

「んっ……あぅ…ウン」

ルイーズの胸の変化を見逃さず、オーウェンはすぐさま立ち上がった頂ごと彼女の胸を手のひらで掬い上げた。

ルイーズの胸は決して小さいわけではなかったが、オーウェンの硬くて大きい手のひらはそれを易々と包み込んでしまう。

「あっ……そこ……はっ……」

「気持ちいいか？」

剣だこのできた無骨な指が、胸を押し上げながら頂を擦ると、甘い痺れが全身に広がった。

ルイーズが無意識にコクリと頷くと、オーウェンは胸を押し上げる動きを少し速める。

「なら、もう少し強くしてやろう」

「……あっ……強っ……すごい……」

果実を摘み取るように、形の良い乳房の先端をオーウェンの指が刺激すると、ルイーズの口からいつになく素直な声がこぼれる。

「ここを擦ると、もっといいだろう？」

「いいっ……これ……」

甘い刺激を立て続けに感じるうちに、ルイーズの声は艶やかな響きに満ちていく。すごく恥ずかしいはずなのに、照れくささを感じるより早く声が出てしまう。

「君が感じるところを、もっと探そう」

乳房を包んでいた手が、今度はゆっくりと肌を撫でながら下へと降りていく。

へそのあたりを少しくすぐりながら下へと進んだ手のひらがどこへ向かうかを、ルイーズは察した。だがわかっていても、ルイーズは肌をなぞる指先を見つめるばかりで止めら

れない。

（あそこに触られたら、またおかしくなっちゃう……）

以前のように、痛みからオーウェンを拒んでしまうのではと心配になるのに、身体は彼の手を拒むことができない。

「ルイーズ」

それどころか優しく名前を呼ばれると、まるで彼を受け入れるかのように身体が震え、オーウェンの手を下肢へと導いてしまう。

「安心しろ。ゆっくりと、痛みのないようにするから」

「本当……に？」

「ああ。だから俺の言うことをちゃんと聞くんだ。まずは腰を上げて、膝立ちになって」

言われるがまま、ルイーズはオーウェンの腿の左右に膝を突く。

すると彼はゆっくりとドロワーズを下ろし、その下に隠れていた花園へと指を這わせた。

「ゃン……」

「もう少し脚を開いて……」

「だめ……力が抜けて…膝…が……」

生まれたばかりの小鹿のように震える膝は、もはやルイーズの言うことを聞いてくれない。

それを悟ったのか、オーウェンはルイーズの手を自身の肩の上にのせた。

「俺につかまって身を預けろ。倒れ込んだとしても、受け止めてやる」

力強い言葉に甘えてルイーズが彼の肩をつかむと、オーウェンはルイーズの花弁を優しく擦り始めた。

「あぅ……くッ」

「もうずいぶんと濡れているな。胸がよかったか？」

膝立ちになっているので、見えるのはオーウェンの頭頂部だけで自分の秘部がどうなっているかはわからないけれど、指で触れられるたびに花弁が湿っていくのは感じられた。

「……そこ…汚い……」

「汚くない。むしろすごく綺麗だ」

「本当……？」

花弁から指を引き抜くと、オーウェンはルイーズを見上げながら蜜に濡れた指をぺろりと舐める。

「君の蜜は甘くて、もっと舐めたいとさえ思うよ」

上目遣いにこちらを見るオーウェンの顔は色気に満ちていて、目が離せなくなる。

今までは少し子どもっぽい顔ばかり見てきたけれど、彼の凜々しい顔は、熱情に彩られると艶がぐっと増すのだ。

「そんな目で見つめられると、我慢できなくなる」

「えっ……？」

「気づいていないのか？　君は、君が思っている以上に俺を求めているぞ」

「っ……！」

花弁を撫でていたオーウェンの指が熟れた肉芽を優しくつまみ上げると、ルイーズの身体がびくんと跳ねる。

「望まれているなら、もっと先に進もう」

人差し指で肉芽を擦りながら、オーウェンは親指を器用に使い、ルイーズの花弁を押し開いていく。

「あっ……ンッ!?」

「相変わらずきついな。つらくないか？」

蜜壺の入り口を何度か撫でたあと、くちりと音を立てながらオーウェンの指がルイーズの中へと入り込む。

太い指先で内側を撫でられると、そこから切なさを伴う不思議な感覚が広がっていき、ルイーズの身体を小さく震わせる。

「あっ……んっ……」

「痛いか？」

「大…丈夫……ン、ッ」

前はもっと痛かった気がするけれど、オーウェンを受け入れる気持ちがととのっているせいか、彼の指が中を広げていくのを感じても、痛みや恐怖は感じない。

「もっと力を抜くんだ。もし怖かったら言え」

小さく頷きながら、ルイーズは自分の中をほぐすオーウェンの指に集中する。

入り口を広げていた指は、いつしか二本に増え、ルイーズの中を優しくかき回す。

自身の内側をなぞられる行為はひどく恥ずかしいけれど、指先がある一点を優しく擦り上げた瞬間、ルイーズの口から甘い吐息が自然とこぼれた。

「あっ……」

「ここがいいのか？」

指が触れるたび、身体と心を溶かしていく悦楽に、ルイーズの身体は淫らに震える。

オーウェンの肩をつかんでいるので倒れることはないけれど、甘い疼きが身体を芯から蕩けさせ、体勢が崩れそうになる。

「ここは、俺だけのものだ」

「ンッ……!!!」

太い指が内側をぐっと押し広げるのと同時に、花芯を擦っていた親指の動きが速くなる。

とたんに身体の熱がぐんと上がり、感じたことのない気持ちよさが腰の奥から全身へと広がっていく。

「ああっ……やぁっ……ぁあッン!!!」

直後、強い快楽が腰の奥で爆ぜ、ルイーズの頭が突然真っ白になった。

そのまま力を失いくずおれそうになった身体を、オーウェンが優しく抱き留める。

「いったのか？」

耳元でオーウェンが何か言ったのに、ルイーズは答えることはもちろん、彼の言葉を理解することもできない。

ただただ、不自然に痙攣する身体をオーウェンに預けることしかできずにいると、彼はルイーズの中から素早く指を抜き、彼女を寝台に横たえた。

荒く息をしながら、何をするのだろうかとぼんやり見ていると、オーウェンがルイーズの足に引っかかっていたドロワーズを引き抜く。

一糸纏わぬ姿になったルイーズをしばしの間満足げに眺めてから、オーウェンもまた纏っていたズボンと下着を取り払った。

「オ…ウェン……」

「安心しろ、怖いことはないから」

そう言って、ルイーズの上に優しくのしかかってくる彼は、さながら猛獣のようだった。

彼の身体はルイーズを押しつぶせそうなほど大きいけれど、隙間なく彼に包み込まれるとむしろ安心する。

あらわになった肌に触れ、隆起する筋肉を指でたどると、昂《たかぶ》る獣を撫でているような気持ちになるけれど、不思議と恐怖は感じなかった。

「俺を、受け入れてくれるな？」

優しい問いかけに、ルイーズはゆっくりと頷く。

するとオーウェンはルイーズと肌を重ねながら、彼女の唇を少し乱暴に奪った。

吐息ごと唇を奪う様はやっぱり猛獣のようだけれど、その荒々しさをいつしかルイーズは心地よく感じていた。

「ぅあっ……んふ……」

淫らな水音を立てながら舌で唾液を絡ませ合う。今だけは恥じらいを捨てて気持ちをぶつけていると、絶頂を経て一度は落ち着いた身体に熱が戻ってくる。

ルイーズの目が蕩け、再び彼女が悦楽に溺れ始めたのを感じたのか、オーウェンはキスをしながら彼女の脚に手を伸ばした。

「あっ……」

それから彼女の両脚を大きく開かせ、その間に腰を落ち着ける。

何か熱いもので花弁を擦られ、溢れていた蜜がくちゅくちゅと淫らな音を立て始めた。

「はっ……ぅん」

時折花芯を刺激しながら入り口を擦っているのは、今にも爆発しそうなほどそり上がったオーウェンの肉棒だった。

あまりに太くて大きなそれが自分の中に入るのだと思うと、わずかに萎縮してしまうが、再開されたキスと、入り口を擦る動きにルイーズの熱は高まり、彼を受け入れる準備が自然とできていく。

「そのまま、力を抜いていろ」

蜜に濡れたオーウェンの先端が花弁を押し開き、ルイーズの入り口にあてがわれる。

「あっ……く……る……」

「そうだ、今から君と繋《つな》がる」

逞しい腕がルイーズの腰を浮かせた直後、オーウェンがルイーズの入り口をゆっくりと押し開いた。

「……んッ、……」

とたんに下腹部への圧迫感が増し、腰の奥が引き裂かれるように痛む。

でもそれを言ってしまうと、またこの前のようにオーウェンを苦しめてしまうかもしれないと思い、ルイーズはぐっと言葉を呑み込んだ。

「すまない、少しだけ耐えてくれ」

裂けるような痛みが一段と強くなり、やがてオーウェンとルイーズの腰がぴたりと重なる。

彼のすべてが自分の中に入ったのだとわかり、ルイーズは痛みと共に言いしれぬ充足感《じゅうそく》を覚え、ほうっと吐息をこぼした。

「ルイーズ」

繋がったまま名前を呼ばれると、泣きたくなるほど嬉しくて、ルイーズはぎゅっと彼の背中を抱きしめる。

「少し動く。痛むようなら言え」

すぐやめると彼は言ってくれたけれど、ルイーズはまだ彼を放したくなかった。

「あっ……あッ、……ンッ……」

彼が中で動くたびに痛みは走るけれど、少しでも負担を軽くしようと彼がルイーズの敏感な場所に触れてくれるので、次第に快楽の方が勝っていく。

首筋を舐められ、乳房を優しく擦られながら中を抉《えぐ》られると、気持ちよさに自然と涙が出てくる。

「感じているのか？」

「うん……、きもち……いい……」

「締め付けが、少しきついな」

「しめ…つけ……？」

「お前の中が、俺を放そうとしない……」

自分でもわからぬうちに、ルイーズはオーウェンのすべてを求め、自身の肉壁で彼を強く締め上げていたらしい。

ルイーズの中にいるオーウェンの熱が増していく。隘路を押し広げながら彼の肉棒も猛りを増す。

「あっ……そこは……」

より太くなったことで、ルイーズの敏感な場所に触れるようになったのか、亀頭が中を抉るたびに気持ちよさが全身へと広がる。

涙をこぼしながら愉悦に震えるルイーズに、オーウェンもまた堪えきれなくなったのか、少しずつ動きを速めていく。

「あっ、あっ…ンッ、あっ……!」

打擲音《ちょうちゃくおん》と、ルイーズの口からこぼれる淫らな吐息が重なって、彼女の奥にざわざわとした何かがこみ上げる。

「あっ…また……また……くる……」

「いいぞ、一緒に……」

「――――ッ!!」

先ほどよりもさらに強い快楽の波が押し寄せると同時に、ルイーズの中に熱い何かが解

き放たれる。

それは絶頂の余韻を引き延ばし、ルイーズの身体に与える喜びをより大きくした。

「オ…ウェン……」

四肢を痙攣させせながら、ルイーズは愛しい名を呼ぶ。

「……ここに、お前の側にいる」

荒い吐息に甘い声を潜ませながら、オーウェンはルイーズの頭を優しく撫でる。

そして、繋がったまま熱が冷めていくのを待つうちに、ルイーズの意識は蕩けきり、ゆっくりと闇に沈んでいったのだった。

第五章

鳥のさえずりが聞こえ、ルイーズは閉じていたまぶたをゆっくり開ける。

気がつけばあたりはもう明るくなっていて、さわやかな朝日が差し込んでいた。

（こんなに熟睡したの、何だか久しぶりかも……）

両親が亡くなってから、ルイーズは一人で過ごす夜が落ち着かず、寝てもすぐ目を覚ましてしまうことが多かった。

けれど昨晩は、激しい行為のおかげか眠りはとても深かった気がする。

じんわりとした痛みの残る下腹部にそっと手を置きながら、ルイーズは隣で眠るオーウェンを見る。

誰かの側で目覚めるのも久しぶりなせいか、オーウェンの寝顔を見ていると、胸の奥が甘く締め付けられ、何だか泣きそうになるほど嬉しい気持ちになる。

(私、自分が思っている以上に人肌が恋しかったのかも)

穏やかな寝息を立てているオーウェンの頬にそっと触れながら、ルイーズは彼が起きるのを見ていようとそっと微笑む。

「……っ!」

だが不意に、穏やかだったオーウェンの眉間に深い皺が寄った。

とたんに呼吸が荒くなり、彼は苦しげにシーツを握りしめる。

「オーウェン!?」

慌てて身体を起こしたルイーズは、息を荒くするオーウェンを強く揺すった。

ひどく苦しそうなのに、彼に起きる気配はなく、それどころかその口からは苦悶の声さえこぼれ出す。

「……っやめろ……たのむ……っ!」

くぐもった声に、ルイーズはハイネから聞いた白昼夢の話を思い出す。

昼間でも見るくらいなら、きっと悪夢として見ているのだろう。

だとしたら今すぐにでも起こしてあげたいのに、いくら声をかけてもオーウェンにルイーズの声が届く気配はない。

「……行くなっ……」

苦しげに顔を歪め、オーウェンの腕が何かを探すようにシーツの上をさまよう。

それに気づき、ルイーズは彼の手を取るが――。

「っ！」

つかんだその手は乱暴に振り払われ、オーウェンの息はただただ荒くなるばかりだった。

（私じゃ……駄目なんだ）

振り払われた手をぎゅっと握り、ルイーズは強く唇を噛む。

そんなとき、ふと目に入ったのは枕元に置かれたルルだ。

昨夜、遠くに追いやられていたそれを取り上げると、カシャンという小さな音がしてオーウェンの声が一瞬途切れる。

それに気づいたルイーズがそっと人形を近づけると、オーウェンはそれを抱きかかえ、ルイーズに背を向けた。

そのまま子どものように丸くなった彼の中から悪夢は去ったのか、人形を抱えたまま、再び静かな寝息を立て始める。

それにほっとする一方で、ルイーズは振り払われた手に目を落とした。

昨日は優しく握りしめてくれたが、もしかしたらオーウェンが本当に望むのは、人形の冷たい肌なのかもしれないと思わずにはいられなかった。

（ルルに似ているっていっても、私は人形じゃない……）

それで本当にいいのだろうかと思いながら、ルイーズはもう一度彼の隣で横になり、毛布をかぶる。

優しく抱きしめてくれていた腕を人形に取られた今、ルイーズにできるのは向けられた大きな背中を、そっと手で撫でることだけだった。

「ん……」

そうしているとオーウェンがわずかに身じろぎ、眠たげなうめき声を上げる。

「起きたの？」

声をかけると、彼の巨体がびくんと弾む。

直後、毛布が跳ね飛ぶ勢いでオーウェンが身体を反転させ、ルイーズを見つめてきた。

狐につままれたような顔で人形を抱いている姿は、ひどく間が抜けていて、それを見ていると寂しかった気持ちが少しだけ楽になる。

(今更寂しがっても仕方ないわよね。オーウェンが人形好きなのは、知っていたことじゃない)

それにルイーズとオーウェンはまだ恋人になったばかりで、これまでずっと彼を支えてきたルルに今すぐ勝てるわけもないと、ルイーズは必死に自分に言い聞かせた。

(今までひどいこともいっぱい言っちゃったし、悲観する前に彼にちゃんと好きになってもらえるようにがんばらなきゃ)

そう気持ちを切り替えたルイーズは、未だに硬直しているオーウェンの頬にちゅっと優しくキスをする。

「オーウェンって、意外とねぼすけなのね」

つい茶化すような言葉を付け加えてしまったが、そうでもしないとまだ照れくさくて、まだ素直に好意を示すことができなかった。

「お……はよう」

少しかれた声で言い、オーウェンが戸惑いながらも頷いた。

そこで彼は、自分がルルを抱きしめていることに気づいたのだろう。慌てた様子で人形を枕元に置くと、とたんに青い顔を両手で覆う。

「すまない、もしかして俺はまた……」

「悪夢を見ていたみたいだから、抱かせたの。でも今日は何もしていないわ」

寝顔もかわいかったと告げると、オーウェンはようやくルイーズと目線を合わせる。

「本当に、君を傷つけたりはしていないか？」

「ええ。それより、あなたは大丈夫？」

「ああ、悪い夢を見ていた覚えはなんとなくあるが……」

そう言って、オーウェンは先ほど跳ね飛ばしてしまった毛布を二人の上にかけ直す。

「近頃はあまり見なくなったと思ったが、昨日の誘拐事件のせいかな……」

「見ていたのは、妹さんのこと？」

「……ああ。彼女が攫われたときのことだ」

頷いて、オーウェンはそっとルイーズの右手を握る。

抱きしめてこないのは遠慮をしているからなのか。けれど彼は癒やしを求めるようにルイーズと指を絡ませている。

「よかったら、話くらい聞くわよ」

「朝から話すような内容じゃない」

「だけど、言葉にすることで気持ちが楽になることってあるじゃない。前に読んだ本にも、つらい記憶は人に話すことで心が軽くなるって書いてあったわ」

ルイーズが言葉を重ねると、オーウェンはためらいながらも握りしめた手に力を込める。

彼の気持ちを少しでも軽くしたくて、ルイーズも彼の手を握り返すと、オーウェンは彼女を見つめ、ゆっくりと口を開いた。

「妹も、昨日のような暴漢に襲われたんだ。それも売買目的じゃなく、最初から殺すために」

そこで声を詰まらせ、ルイーズの方に身を寄せる。

その大きな身体を、ルイーズが腕を伸ばして抱きしめると、彼の身体はわずかに震えているようだった。

「男の隠れ家に入ったとき、俺は一瞬足がすくんでしまったんだ。妹が助けを求めるように俺を見ていたのに、男が妹にしていることを理解した瞬間、頭が真っ白になって……」

妹はまだ七歳だったのにと、オーウェンが声を震わせる。

そんな彼の背中を撫でながら、ルイーズは彼の身に起きた悲劇に心を痛めた。

「側にいたカイルが、俺の代わりに男を殴って、妹から引き剝がしてくれたんだ。あいつは昔から身体が大きくて、強くて、あいつが、何もできない俺の代わりに妹を男から助けてくれた」

でも結局妹は助からなかったと、オーウェンは震える声で告げる。

「俺は、何もできなかった」

苦悶に満ちた声に、「自分を責めないで欲しい」と、ルイーズは声をかけたくなった。

(でもきっと、言葉じゃ届かない……)

両親が亡くなったとき、ルイーズもまた無力な自分をずっと責めた。どうしてもっと早く二人を病院に連れて行かなかったのかと、そればかり考える日々は本当につらかった。

そんな彼女を見た友人たちは『ルイーズのせいじゃない』と声をかけてくれたけど、彼女の気持ちが晴れることはなかったし、みんなの優しさに応えられない自分を責めたこともある。

(でも、あのときは……)

ただ一人、ハイネだけは、何も言わず側にいてくれた。そして時折、泣いているルイーズの頭を優しく撫でてくれたことが、あのときは悲しみを癒やす一番の薬だった。

(私の手で、何かが変わるかどうかはわからないけれど……)

それでも何かしたくて、自分を責めすぎないで欲しいと思いながら、ルイーズはオーウェンの頭を優しく撫でる。

乱れた髪の間に指を差し入れ、何度も何度も手を動かしていると、オーウェンの身体の震えはようやく収まり、今度は彼の方からルイーズの身体をぎゅっと抱き寄せた。

「話すと楽になるっていうのは本当だな……」

まだ声は震えていたけれど、穏やかな口調に嘘はないようだった。

「今までは人形をだっこしてやり過ごしていたけれど、この方がずっといい」

「今までずっとそうだったの？」

「ああ。妹のことだけじゃなく、嫌なことがあるとルルにすがっていた」

いい大人が情けないだろうとこぼし、オーウェンはルイーズの髪を優しく撫でる。

「カイルさんには、相談しないの？」

「妹のことはカイルにもあまり話せなかったからな……。一緒に暮らしていたあいつも責任を感じていたし、あまりに自分が情けなくて……」

遠慮しているうちに、他の悩みを打ち明ける機会も逃してしまったのだとオーウェンは苦笑する。

「じゃあ、他にも話したいことがあるなら何でも言って。私なら、あなたが情けないってことは他の誰よりわかってるから、恥ずかしくないでしょう？」

オーウェンの心をほぐそうと冗談交じりに微笑むと、ようやく彼はいつもの明るい笑顔を向けてくれる。

「そうだな。君の前では俺はいつも情けない」

「最初の口説き文句からして、おかしかったものね」

「これでも一応、普段は紳士的で格好いいって評判なんだぞ？」

「それ、誰かと間違えてるんじゃないの？」

「君は、恋人になってもまだ俺にひどいな」

恋人という言葉の響きに照れくさくなりながら、ルイーズはそんなことはないと反論する。

「ただ、事実を言っているだけよ。あなた、私の前だといつも子どものようだし」

「嫌か？」

「……嫌だったら、ここにいないわ」

「ありがとう。でも君にもっと惚れてもらえるように、もう少し格好つけるようにするよ」

言うなり、オーウェンはルイーズの唇を優しく奪う。

そしてにっこりと微笑む彼は確かに格好いいけれど、ルイーズはもちろんそれを口にできない。

そんなとき、不意に部屋の扉がノックされ、ルイーズは思わず悲鳴を上げそうになる。

「オーウェン様、そろそろ起床の時間ですよ」

響いたのはイオルの声で、ルイーズは慌てて毛布の中に隠れた。彼が部屋に入ってくる気配はないが、もし部屋にいるのを見られてしまうと気まずい。

「それから、いつもの品々が玄関に届いておりますが、いかがいたしましょうか？」

「おい、まだ街に来て二日目だぞ？」

「式典が近いですし、張り込みをされていたんでしょう。あとで、確認をお願いします」

「わかった、すぐに行く」

どこかウンザリした声が気になって毛布からそっと顔を出すと、オーウェンは困ったようにひげの伸びた顎に手を当てている。

「何かあったの？」

「少しやっかいなことがな。……それと、安心しろ、イオルはもう行った」

「いえ、まだいますよ」

突然の声に、ルイーズはもちろんオーウェンまでびくんと肩を震わせる。

「でも今、気配が消えただろ……」

「伝え忘れたことがあったので、こっそり戻ってきたんです」

「普通に戻れ！」

まったくだとルイーズが呆れていると、イオルが扉の前で軽く咳払いをする。

「ルイーズ様のお召し物を入り口の前にご用意しましたので、今日はこちらにお着替えください。タオルとお湯もありますが、浴室もご使用可能なので、使いたい場合はお声がけくださいね」

「……あ、ありがとうございます」

「ルイーズ様のお荷物も後ほどこちらにお運びしますね。部屋を行き来するのは面倒でしょうから」

あくまでもさわやかな声を残して、今度こそイオルは立ち去ったようだが、二人はしばらくの間押し黙るしかなかった。

「……イオルさんって、なんかその、色々すごいわね」

「すまん。あいつは、俺とカイルをいじり倒すことに妙な執念があるようで」

「ある意味仲がいいのね」

「……その言葉は、ちょっと納得できないな」

そう言ってうなだれるオーウェンに、ルイーズは思わず笑ってしまった。

＊＊＊

「ここにいらっしゃるのはわかってるんです！　せめてこれだけでも渡してもらえませんか！」

ハイネとは違う、若い女性の声が聞こえることにルイーズが気づいたのは、朝食を取るために食堂へ向かう途中のことだった。

応対しているイオルとなにやら押し問答をしている様子を怪訝に思い、声の方に近づいてみると、玄関先で美しい少女が彼に何かを押しつけ、慌てて出て行くのが見えた。

ちらりとしか見えなかったけれど、おそらく相手は貴族のご令嬢だろう。身に纏っていたドレスは高級そうだったし、彼女が置いていった贈り物らしき箱もかなり立派なものだ。

「またか……」

どこか疲れ果てた声でぽつりとこぼしたのは、一緒に食堂に向かっていたオーウェンだった。

するとまたそこで来客を知らせるベルが鳴り響き、オーウェンは慌てた様子でルイーズの手を引いて食堂へと駆け込む。

「えっ、何これ……!?」

直後、ルイーズは目の前の光景に、思わずぽかんと口を開けてしまう。

てっきり朝食が用意されていると思ったダイニングテーブルの上には、数え切れないほどの手紙や贈り物が、うずたかく積まれていたのだ。

八人掛けのテーブルはかなりの大きさなのに、置かれた品物はその半分を覆い尽くし、さらにその上へ、やってきたイオルが二つほど手紙と箱を置いていく。

「これ、全部オーウェンさん宛ての贈り物なんですって」

唖然としていたルイーズに、そう言って苦笑を向けたのは、先に食堂に来ていたハイネだ。

「女性に人気があるのは知っていたけれど、本当にすごいんですね」

「えっ、これ全部女性からなの？」

「イオルさんは、そう言っていたわ」

確かに、よく見ればどの贈り物にも女性の名前が書かれた小さなタグがつけられている。

「カーサ、リンダ、エイナ、ミルダ、ユーリィ……って、これ全部オーウェンの知り合い？」

「まったくもって知らん」

ひどく疲れた声で答えながら、オーウェンは近くの椅子にどっかりと腰を下ろす。

「でも、知らない人から贈り物なんて……」

「こいつの場合はよくあることだ」

ルイーズの疑問に答えたのは、オーウェンの隣に座っていたカイルだ。彼は同情するようにオーウェンの肩を叩きながら、贈り物の山を見上げる。

「たぶんこれは、オーウェンのファンからのものだな」

「ファン……!?」

「オーウェンさんの？」

ルイーズはもちろんハイネまで驚くと、さらに三つほど品物を抱えてきたイオルが「みんなだまされてますよねー」と笑顔で言い切る。

「中身は、人形好きの変態やさぐれ中年予備軍なんですが、外面が無駄に良いせいで女性に大人気なんですよ」

イオル曰《いわ》く、対人スキルがまるでないカイルが反面教師になったのか、オーウェンは非常に社交的で、貴族たちの集まりや英雄として呼ばれる式典などにも欠かさず出席しているらしい。

そしてそこでの紳士的な振る舞いや騎士らしい逞しさが女性たちの心を射貫き、社交界ではかなりもてはやされているのだとか。

「『英雄』と呼ばれる騎士は総じて女性の人気が高い傾向はありますが、オーウェン様は中でも人気が高い方ですよ。一番人気は、王立騎士団のヘイデン様らしいですが」

「えっ、あいつも人気なの？」

「ルイーズ様もヘイデン様にお会いになったんですね。それはお気の毒に」

本気で同情しているとわかる表情を浮かべているあたり、ヘイデンの性格の悪さはイオルも知っているのだろう。

そしてイオルの表情に、隣のハイネもヘイデンがくせ者であることはなんとなく察したらしい。

「線が細いヘイデン様と、男らしいオーウェン様のお二人は憧れの騎士の代名詞で、女性にもてもてなんです。まあ、どっちも中身は残念ですが」

「そうね、非常に残念ね……」

「君に肯定されると傷つくんだが」

オーウェンはうめくが、事実なのだから仕方がない。

「そしてファンの中には、王都にあるオーウェン様の別邸にまで押しかけてくる強引な方もいらっしゃいますので、今回のようにあえてカイル様のお屋敷に滞在することが多いんですよ」

「でもこの様子だとここにいることは漏れてるみたいね」

「ですが、それもまだ一部でしょう。以前はこの三倍の数が届いたこともありますし」

まさかと思う一方で、イルヴェーザ人の積極性を思えばあながち嘘ではない気もしてくる。

イルヴェーザの女は「恋に生き恋に死ぬ」と言われるくらい情熱的な性格の者が多く、特に貴族社会では女性からアピールするのが当たり前だとされている。

愛の言葉や身体を使ったアピールはもちろんだが、贈り物を使った愛情表現もごく日常的なことなのだ。

（私のライバルは、人形だけじゃないってことか……）

一応恋人同士になれたとはいえ、朝の一件を引きずっていたルイーズは少しだけ気持ちが重くなる。

先ほど見た少女はとても美しかったし、彼女が持ってきた贈り物はきっとルイーズでは手が出せない高価な物だろう。

オーウェンが品物に釣られるとは思わないけれど、一庶民のルイーズとしては何だか負けたような気持ちになってしまう。

そんなルイーズの気持ちに気づいたのか、オーウェンは彼女の手をぎゅっと握った。

「安心してくれ、俺はそもそも人間の女性には興味がない。だからどんなアピールをされても絶対に揺るがないぞ」

その言葉に安心するべきか、それともオーウェンの性癖を心配するべきか悩みながら、ルイーズはひとまず「心配はしてないわ」と彼の言葉を受け流した。

それにオーウェンがほっとした顔をすると、側にいたイオルが小さく咳払いをする。

「問題は他の女性たちですよ。彼女たちはオーウェン様の残念さを知りませんし、たぶん知ろうともしないでしょう。このままだとまた、屋敷が贈り物だらけになってしまいます」

「わかってはいるが、どうすればいい？　贈り物はやめろと、全員に毎回返事を出しているが、止まったためしはないぞ」

「返事を出すから可能性があると思い込むんです。そのうえあなたは、社交の場ではいつも一人だ」

「人間の女性は、正直苦手なんだ……」

もちろんルイーズは別だぞと付け加えるオーウェンに、イオルは「それです！」と指を鳴らした。

「次の式典に、ルイーズ様を連れて行けばいいんですよ。あなたに相手がいるとわかれば、諦めもつくでしょう」

「なるほど」

「まあ中には気にしない人もいるでしょうが、大多数の女性は諦めると思います」

急に自分の名前が出たことにルイーズは驚くが、イオルは名案だと思っているらしい。

そして少なからず、オーウェンも彼の案に興味を示したようだ。

「ちょっと待って。式典って国王陛下も参列されるものでしょう？　そんな場に、私を連れて行くつもり？」

「元々、君が許せば一緒に行きたいとは思っていたんだ」

「でも私、貴族でもないし……」

「国王陛下はそういったことは気にされない方だし、その考えは貴族階級にも広がりつつある。素性さえしっかりしていれば、庶民の恋人をパートナーとして社交の場に連れて行くのはよくあることだよ」

「そうなの？　それなら、ハイネも連れて行ってもらったことがあるの？」

尋ねると、ハイネは大きく首を横に振る。

「私はほら、さすがに外見がこんなだし……」

「お言葉ですがハイネ様、それは大きな勘違いです」

イオルが断言すると、なぜかそこで、オーウェンもしっかりと頷く。

「ハイネちゃんを社交の場に出さないのは、カイルの問題だ。この馬鹿は、かわいい恋人を他人に見せたくないと言って、舞踏会や催しの招待を片っ端から蹴ってるんだぞ」

おかげで代わりに自分が出る羽目になり、それで余計に女性に群がられるのだとオーウェンはうなだれる。

「そうなんですか？　私、そういう場所にふさわしくないと思われているとばかり……」

「それは違う。お前は美しすぎるから、人目につかぬよう可能な限り閉じ込めておきたいだけだ」

誤解させてすまなかったと、人目もはばからずハイネを抱きしめるカイルの表情はいつになく甘く、見ているルイーズたちの方が恥ずかしくなる。

(それに、何だかものすごい束縛を感じるけど、ハイネはいいのかしら?)

ルイーズは少しだけ不安になるが、ハイネの方は「それで構いません」とむしろ喜んでいるようにも見える。

昔から少しおっとりしすぎというか、どんなことでも笑顔で受け入れてしまうところがあるとは思っていたが、それはカイルの前でも同じなのだろう。

聞いた話では、カイルが犯罪すれすれのつきまとい行為をハイネに行っていたとわかったときも、「私のことを見守ってくれていたんですね」と良い方に解釈して怒ることすらしなかったらしい。

正直ルイーズはそんなハイネを心配していたのだが、どうやらそれが二人がうまくいっている秘訣《ひけつ》のようだ。

「とはいえ、カイル様もそろそろハイネ様を独占するのはやめてください。いい機会ですし、お二人ともパートナーを連れ立って行くべきですよ」

「しかし、ハイネに言い寄る男がいたらどうする」

「ルイーズもこんなにかわいいんだ。下手に連れて行ったら俺以上にファンができるだろ」

　そう言って嫌そうにするカイルとオーウェンに、イオルは執事らしからぬ侮蔑《ぶべつ》の表情で二人のことを鼻で笑った。

「ご自身もお忘れのようですが、あなた方は中身が残念でも肩書きは『英雄』なんです。その彼女に手を出す馬鹿はそうそういませんし、いたとしてもそれを許すんですか？」

「ハイネに言い寄る男がいたら、殺してしまうかもしれない」

「俺もだ」

「それなら、あなた方が心配すべきは、己の殺意とどう折り合いをつけるかでしょう」

　まったくもってそのとおりだなと、ルイーズはうっかり心の中でイオルに拍手を送る。するとそこでイオルは、ルイーズとハイネの方を向き、丁寧にお辞儀をする。

「ということで、もしよろしければお二人にはこの情けない騎士たちの付き添いをお願いできないでしょうか？　準備は、私が責任を持って行いますので」

　そう言って頭を下げられれば、ルイーズもハイネも嫌とは言えなかった。

＊　＊　＊

　そしてその日の午後から早速、ルイーズとハイネは式典に参列するための「準備」をイオルと行うことになった。

準備と言っても何かを用意するわけではなく、簡単なマナーレッスンである。

二人が参列する式典は、王都で年に一回行われる、騎士たちの活躍を称えるもので、イオル曰く、さほど堅苦しい内容のものではないらしい。

『陛下のくそつまらない話を聞いたあと、緩い舞踏会に参加するだけです』とイオルは雑な説明しかしてくれなかったが、騎士とそのパートナーは式典の前に国王の前で挨拶をしなければならないし、緩いと言っても王城で開かれる舞踏会だから、粗相《そそう》をしてはまずい。

だから最低限のマナーと、せめて一曲くらいはダンスを踊ることが必要で、今日からの数日間はそのレッスンに当てることになったのだ。

カイルと結婚する予定のハイネは少し前からイオルによるマナーレッスンを受けていたらしいが、ルイーズはもちろん初めてで、正直、彼の完璧主義には開始早々に音を上げそうになっていた。

ルイーズは、残念ながらダンスが得意ではない。

だから礼儀作法やお辞儀の仕方は及第点をもらえても、こちらは一日練習してもまるで成果が上がらなかった。

「何だか意外ですね。あなたほど、ドレスとダンスフロアが似合う女性はいないでしょうに」

一日かけても成果が上がらないルイーズに、イオルはそんな感想をこぼす。

ルイーズは、まったく上達の見られない自分を恥じ、見かけ倒しでごめんなさいとうなだれた。

「カサドでも年に何回か祭りがありますが、そこで踊ったことはないんですか？」

「そもそも私、男の人とお祭りって行ったことないの」

「でも、ルイーズ様なら誘いも多いでしょう」

「私が一緒に行って欲しいような人は声をかけてくれないもの」

どちらかと言えば、ルイーズはあまりに積極的な男性は得意ではない。

けれど普通の男たちは皆ルイーズのような女性が自分の誘いに乗るわけがないと早々に諦めてしまい、その結果彼女に誘いをかけてくるのは「ルイーズなら自分にふさわしい」と上から目線で寄ってくる男性ばかりだった。

それに嫌気が差したルイーズは自然と祭りなどには参加しなくなり、むしろ友達の準備を手伝ったり、後日みんなの感想を聞いたりする方が楽しみになっている、という有り様である。

だから踊りには縁のない人生だったと素直に告白すると、イオルは不憫そうな目でルイーズを見つめた。

「わかりました。それでは、ルイーズ様の目標は『転ばないこと』にいたしましょう」

「何だか、ごめんなさい」

「構いませんよ。それに最低限のことができれば、あとはオーウェン様がなんとかしてくれますから」

なんとかなるのだろうかと思わずにはいられなかったが、かと言って一人で完璧なダンスを踊れる自信はまったくないのだった。

＊　＊　＊

ルイーズたちがレッスンに精を出しているころ、オーウェンとカイルは街の片隅にある小さな酒場に来ていた。

大通りから脇に入った、あまり目立たない店の一つである。

薄汚れた小さな店だが昼間にもかかわらず客は多く、そのほとんどは男だ。町人から騎士、流れの傭兵まで客の種類は様々で、大柄な二人が座っていても浮くことはない。

「この手の店は、逆に静かに酒が飲めるからいいな」

「お前のファンも、さすがにここまでは来ないしな」

苦笑を浮かべながら、少し疲れた顔のオーウェンをカイルは労う。

そんなとき、店の入り口からこちらへ歩いてくる人影に気づき、二人は慌てて椅子から腰を浮かせた。

「そのままでいい。今はもうお前たちの上官じゃないんだ」

そう言って二人の前に座したのは、ルイーズの叔父ハロルドだ。

彼は自分の分の酒を頼むと、目の前の二人をどこか懐かしそうに眺めた。

「こうして三人で酒を飲むのも、ずいぶん久しぶりだ」

「上官が騎士を辞めたとき以来ですね」

言葉を返したのはオーウェンで、彼もまた懐かしそうに目を細める。

「こうしてみると、お前らもずいぶん丸くなったなぁ」

「カイルはともかく、俺は昔からそんなに尖ってなかったですよ」

「馬鹿言うな。物わかりの良さそうな顔して、十分問題児だっただろう」

確かに、ハロルドが上官だったころはずいぶん無茶をしたし命令違反もしょっちゅうだった気がする。

それでもまだ騎士を続けられているのは、無謀なところのある二人を許容してくれたハロルドのおかげだ。だからこそ突然の呼び出しにもこうして出向いてきたのだ。

「それで、俺たちを呼び出したってことは何か王都で問題でも？」

それまで黙っていたカイルが、少し厳しい顔でハロルドを見つめる。

運ばれてきた発泡酒を一気に喉に流し込んだハロルドは、懐から数枚の人相書《にんそうが》きを取り出した。

「オーウェンには昨日話したが、近頃王都では少女ばかりが誘拐される事件が相次いでいる」

「昨日彼から聞きました。これが、いなくなった子たちですか？」

カイルの言葉に頷くハロルドの手から人相書きを受け取り、オーウェンはカイルと二人でそれを見つめる。

「こんなかわいい子が八人もいなくなるなんて、尋常じゃねぇな」

思わず眉をひそめたオーウェンに、ハロルドは大きなため息をこぼす。

「そのうえ、捕まえた誘拐犯の一味が全員、牢屋の中で自殺したとくれば、訳ありに違いないだろう？」

「まさか、昨日の男も……？」

オーウェンの質問に、ハロルドは渋い顔で頷く。

「だが表沙汰にならないし、事件が収束する気配もいっこうになくてな。騎士団に問い合わせてもなしのつぶてだし、相談できるようなやつらとも顔を合わせる機会がないんだ」

だから普段王都にいない自分たちが呼び出されたのかと納得して、オーウェンは人相書きをハロルドに返す。

「ですが、どこまで協力できるかはわかりません。俺は所属が変わってしまったし、カイルも、ずいぶん前に怪我で王立騎士団をやめてしまったので」

「さすがに、お前らに事件を解決しろとは言わないさ。ただ、ちょっと口利きをしてもらいたいだけだよ」

「口利きと言うと？」

「今度の式典に、俺も出られるようにしてもらえないか？　下の者に言っても進展がないから、上に直談判したい」

ハロルドの提案を叶えるのは造作もないことだが、だからこそオーウェンとカイルは少し怪訝に思う。

そもそも、二人が参列する式典は騎士団が毎年催している恒例行事の一つだ。

その年に目立った功績を挙げた騎士を集め、彼らを労い表彰するためのものなのである。

オーウェンとカイル、そしてイオルは過去の活躍を理由に「他の騎士の指針にもなるから」参列を義務づけられており、同様の理由で元王立騎士団副団長であるハロルドが参列するのは問題ないだろう。

むしろ、ハロルドになら最初から招待状が届いてもよいくらいなのにと思いかけて、オーウェンは彼があえて二人に声をかけた理由をなんとなく悟った。

「ハロルド上官、もしかして今の騎士団の連中とうまくいってないんですか？」

「連中というか、ヘイデンとちょっとな」

前に勤務態度を注意したら、それが面白くなかったらしいとハロルドは告げる。

「俺のような口うるさいおっさんは煩わしいらしく、騎士団に来ても追い払えと下の者に言いつけているらしい」

「あいつ、ほんとどうしようもねぇな……」

昨日の出来事を思い出しながら、オーウェンは改めてヘイデンの浅はかさにため息をこぼす。

騎士に成り立てのころから、彼とは配属が同じになることが多く、そのたびにあの傲慢《ごうまん》な性格にカイルと共に辟易《へきえき》したものだ。

そのうえ彼は二人に、そして特にオーウェンに、ある種のライバル心を抱いていて、今も当たりがきついのはそのためだが、まさかハロルドにまで迷惑をかけているとは思っていなかった。

「ああ見えて、やつは次期騎士団長候補で、最近は発言力も強い。それが事件の捜査にも影響してなきゃいいんだがな……」

酒をあおりながら、ハロルドは苦笑交じりにこぼす。

「カイル、上官をヘイデンの息のかかっていない騎士に会わせることはできるか？」

「今の騎士団内の勢力図はわからんが、手は尽くしてみる」

戦後すぐカサドに移ったオーウェンとは違い、少し前までは、カイルは王立騎士団に所属していた。そのときの人脈を使えば、現状を調べることもハロルドの願いを叶えることもできるだろうと、カイルは告げる。

「ありがとう、今度改めて礼をするよ」

ただし……と、まじめな顔を急に笑顔に変えて、ハロルドは不意にオーウェンに目線をやる。

「ルイーズは、そう簡単にはやらんぞ」

不意打ちに酒を噴き出しかけて、オーウェンは思わず咳き込んだ。

「冗談だ冗談。昨日殴ってすっきりしたし、ルイーズが望むなら反対はしないさ」

「本当に、冗談なんですか？」

「結婚したいと言い出したら、さすがにもう一回殴らせてもらうけどな」

笑みを重ねるハロルドに、オーウェンの横でカイルも笑いを堪えている。

「まああれだ、相手がルイーズだったことにはびっくりしたが、お前ら二人とも幸せそうでよかったよ。二人そろって、一生独身なんじゃないかと勝手に思っていたしな」

失礼な発言を重ねてはいるが、カイルの無口さも、オーウェンの人形好きも承知のハロルドは、彼なりに二人を心配してくれていたらしい。

「だが正直少し意外だったな。ルイーズは、オーウェンみたいなのが好みだったかな？」

「不安になるようなことを言わないでくださいよ」

「お前がルイーズに惚れた理由はわかりやすいが、あいつの好みはよく知らなくてな。でもそうか、お前みたいなやつかぁ……」

「だから、残念そうに言わないでください！」

本気で不安になりますと声を荒らげるが、ハロルドも、そして横にいるカイルもただただ笑っているだけだった。

「まあともかく、式典のこともルイーズのこともよろしく頼む」

最後はそう言って肩を叩かれたが、ちっとも労われている気がしないオーウェンだった。

＊　＊　＊

レッスンでへとへとになった身体を引きずりながらルイーズが部屋に戻ると、出迎えたのは人形を抱えたオーウェンだった。

何か疲れることでもあったのか、彼は一心不乱にルルの髪をとかしている。

昼間は用事があると出かけていたようだが、この様子だとすぐに帰ってこられたのだろう。

（それにしても、本当に人形が好きなのね）

ルルを膝にのせ、器用に髪をとかしている彼をついぼんやりと眺めていると、オーウェンは彼女が気分を害したと勘違いしたのか、慌ててルルを膝の上から降ろす。

「別に遊んでてもいいわよ」

「遊んでいたわけじゃない。ただルルちゃんの髪が乱れていたからととのえていただけだ」

それを遊んでいると言うのではないだろうか。

「……どちらにしろ気にしなくていいわよ、今更隠すことないし」

ルイーズの言葉にほっとしたのか、オーウェンはルルを抱え直すと再び髪をとかし始める。

その姿はひどく滑稽だけれど、あまりに楽しげなのでルイーズはつい笑ってしまう。

(私が一緒に行くより、人形を抱えていった方がよっぽどファンが減りそうなのになかなか面白いことになりそうだと思う一方、そういうわけにもいかないことはルイーズにもなんとなくわかる。

彼はカサドの騎士団長であると同時に、貴族の爵位を持つ領主である。

そんな彼が人形好きだとわかれば少なからず皆驚くだろうし、失望する人もいるだろう。

実際ルイーズも、最初のころはこの人に街を任せて大丈夫なのかと思わずにはいられなかったくらいだ。

けれど彼の仕事ぶりと人形好きはまったく関係がないし、今はルルちゃんに夢中でも、彼がこの国を救い、カサドを発展させてくれたのは事実なのだ。

だがそれを誰もが理解できるわけではないだろうし、今まで抱いてきた印象と本質が違うことに幻滅し、その人の存在すべてを否定したくなる者は少なからずいる。

実際ルイーズもそういう人たちに心ない言葉をかけられてきたし、それを思うと彼が人形を持って外に出ることはできないだろう。

（とはいえ、私がルルの代わりになれるとも思わないんだけど……）

内面は人形好きの駄目な男でも、オーウェンは英雄の一人であり、外面は完璧だ。

そんな人の横にいるのが自分で良いのかと、朝の一件以来ルイーズはつい考えてしまう。

人形にも、ファンの子にも負けたくないという気持ちはもちろんあるけれど、そのどちらにも自分が勝っているとは思えないのが問題だ。

「ルイーズ」

不安から、物思いにふけっていたルイーズに、オーウェンが不安そうな顔を向けてくる。

「えっ、何？」

「いや、急に黙ったから、やっぱり怒っているのかと思って」

「ちょっと疲れただけよ」

「少し休むか？」

申し出は嬉しいけれど、眠いわけではないからと断る。

「気分転換に読書でもしようかしら」

　昨日のごたごたで本は買えなかったけれど、読みたくなったときのためにと『女盗賊フェデーナ』の一巻を彼女は持ってきていた。

「それ、君がいつも読んでいる本だな」

「知っていたの？」

「いつもカウンターのところに置いてあるから、そうじゃないかと思ってた」

　さすが騎士だけあって、オーウェンの観察眼は鋭い。

「子ども向けの本なんだけど、今も好きで何度も読み返してしまうの」

　子どもっぽいかしらとルイーズは苦笑したが、オーウェンは首を横に振る。

「むしろ、これだけ活字の多い本を小さいころから読んでいたなんてすごいな」

「でもほら、挿絵もあるのよ」

　そう言って大好きなページを開きかけて、ルイーズは慌てて指を止める。盗賊の姿を見れば聡いオーウェンは自分と似ていると気づくかもしれず、それは何だか恥ずかしかった。

　ルルと似ているから好きになったのかとさんざんオーウェンに言ってきたのに、よくよく考えてみれば自分だって似たようなものだ。

（彼の外見ばかりを見てきたのは私も同じね）

　それを少し反省したが、それでもやっぱり少し恥ずかしくて、ルイーズは盗賊ではなくフェデーナと王子が出ている挿絵を開いてみせる。

「格好いいでしょう？」

「ああ……確かに素敵な挿絵だな」

オーウェンの言葉には妙な間があり、ルイーズはわずかに首をかしげる。

だがその理由を尋ねようとしたときには、彼はもう既にいつもの明るい笑顔を浮かべていた。

「なら、俺は飲み物を用意しよう」

「大丈夫よ」

「いや、俺のために色々してくれている礼もしたいし、これくらいさせてくれ」

それにせっかくなら、もっと気持ちの良い場所で読もうと彼が案内してくれたのはティーサロンだった。

屋敷の一階奥にあるサロンは、大きな出窓のある明るい部屋で、風通しも良く、ここなら幽霊が出る心配もなさそうだと、ルイーズもほっとする。

「素敵なところね」

「俺が言うのも少し変だけど、満足してもらえて嬉しいよ」

「実を言うと、こんな場所で読書をしてみたかったの。この前読んでた恋愛小説でもね、素敵なサロンで主人公が本を読むシーンがあって、いいなって思っていたの」

読書好きで内気な主人公が、サロンに置かれたソファで本を読んでいると格好いい男性が現れるのだとまくし立ててしまってから、ルイーズはハッと我に返る。

「ごめんなさい。私、本のことになるとつい……」

「構わないよ。君の話を聞くのは好きだ」

「でも……」

その言葉を疑ってしまったのは、ルイーズよりルルにすがりついたオーウェンの姿を思い出したからだ。

「オーウェンは、おしゃべりな人はあまり好きじゃないでしょう？」

「どうしてそうなる」

「だって、人形が好きってことはそういうことかなって」

おしゃべりで、感情的で、表情がころころ変わるルイーズは人形とは真逆だ。顔は確かにルルに似ているけれど、それが余計に違いを浮き彫りにしている気がする。

「杞憂《きゆう》だ。心の底から、俺は君との時間を楽しんでる」

「本当に？」

「証明してみせようか」

言うなり、オーウェンはルイーズと二人でサロンのソファに腰掛ける。

「さっきの小説だが、二人が出会ったあとはどうなるんだ？」

「二人はその、一目見てすぐ恋に落ちるの。それで、甘く情熱的なキスを……」

「わかった」

言うなり、オーウェンは本の内容をなぞるように、ルイーズの唇を深く奪う。

情熱的と言ってしまったことを少し後悔するほど、長くて淫らな口づけに、ルイーズの息は、たちまち上がってしまう。

「そのあとは、こうか？」

そのうえオーウェンは、ルイーズの手から本を取り上げると、キスの位置を唇から首へとゆっくり移していく。

いつしか彼の右腕はルイーズの腰に回されていて、そのままもう片方の手でゆっくりと背筋を撫で始める。直に触れられたわけではないけれど、優しく上下する手つきは官能的で、ルイーズの身体は次第に熱を持ち始めた。

「いっ、いきなりこういうことはしないわ」

「だが、しているページはあるんだろ？」

「……六十七ページ目からは、そういうシーンもあったけど」

「じゃあ、ページを飛ばそうか」

低くて甘い声がからかうように耳朶《じだ》をくすぐると、ルイーズの意思とは関係なく、身体はオーウェンに抗うことをやめてしまう。

ざらりとした舌でルイーズの首筋をゆっくり舐め上げていたオーウェンは、彼女から抵抗の意思が消えたことを感じ取ったのか、逞しい腕をソファの背もたれとルイーズの間に差し入れると、彼女の身体をわずかに浮かせ、そのまま横たえる。

その上に自身も重なるように横たわると、ソファが大きくきしみを上げた。

オーウェンが横になっても問題ないほどソファは大きいが、それでも体格が良くて筋肉質なオーウェンが上にのると、かなり負荷がかかるらしい。

「それで、本ではどんなことをしていたんだ？」

「そっ、そういうことはほとんどないわ。身体を重ねたって描写があるだけで……」

「なら、ここからは想像だな。ルイーズは、二人は何をしたと思う？」

いったい何を言わせたいのかと、ルイーズは赤くなりながら唇を噛む。

「想像力が豊かな君なら、色々その先が見えるだろう」

「みっ、見えないわよそんなの」

「本当に？」

灰色の瞳がじっとルイーズを見つめてきて、わずかに濡れた薄い唇が淫靡に歪む。

ただそれだけで、身体は何かを期待するように熱くなり、脳裏には本で読んだ情事のシーンが浮かんだ。

書いていないとオーウェンには言ったが、ルイーズが読んだその本は前半の穏やかな話の流れからは想像がつかないほど、刺激的な描写が唐突に登場し、ルイーズでさえ一度読むのをやめてしまったほどだ。

だがそれでも主人公たちの行く末が気になり、無事ハッピーエンドになるところまで目を通したけれど、しばらくの間は二人の情事のシーンばかりが頭をよぎってしまい、一人で悶絶していたこともある。

恋愛小説は好きだけれど、そのときはまだ経験もなかったし、他人の情事をのぞき見ているような感覚に後ろめたさを覚えてしまうほど、あのころのルイーズは純情だった。

オーウェンに見つめられただけで彼からの愛撫を期待してしまう、今の彼女とは比べものにならないほどに。

(ちょっと前までの私と、今の私はまるで別人ね……)

オーウェンの屋敷で、荒々しい口づけを受けたそのときから、ルイーズはすべてが変わってしまったように思える。

異性と手を繋ぐことを想像しただけで赤面していたはずなのに、今のルイーズは彼に抱かれ、淫らな視線一つで蕩けそうになってしまうのだ。

「嘘が下手だな君は」

「嘘なんて……」

「淫らな考えにとりつかれているのは、顔を見ればわかる」

甘い声と吐息をこぼしながら、オーウェンはルイーズの頬を舌先でぺろりと舐める。

「ひゃっ……」

ぞくりとした感覚に思わず声を上げると、わずかに開いた唇にオーウェンの太い指が差し入れられた。

「あまり騒ぐと、外に聞こえるぞ？」

注意するような言い方なのに、口に差し入れられた指はルイーズの官能を引き出そうとするように、彼女の舌を優しく扱《しご》く。

唾液を絡ませながら抜き差しされる指を舌の先で感じていると、ルイーズはまるで犯されているような気持ちになってしまう。

キスをするときのように舌を掬われ、歯列を指先で刺激されると、淫らな疼きが身体の奥からこみ上げてくるのだ。

「顔が蕩けているな。そろそろ、素直になるころか？」

くちゅくちゅと音を立てながら指を出し入れしていたオーウェンも、ルイーズの中に芽生え始めた熱に気づいたのだろう。

身体から力が抜け始めたルイーズの肩をつかんでわずかに引き起こすと、ドレスのリボンをほどいてずり下ろし、緩めたコルセットから豊かな胸をあらわにした。

既に上を向きつつあった右胸の頂を食《は》まれ、ちゅっと音を立てて吸い上げられると、ルイーズの身体は甘い刺激にもだえた。

「んむぁ……ふっ……あ……」

大きな声がこぼれかけたが、口内を犯していた指に舌を絡めることでなんとか押し留める。

けれど一度自分からオーウェンの指先に触れてしまった舌は、今度は離れがたいとでも言うように、口内をねぶる指を放さない。

指にしゃぶりつくなんて赤子のようだと恥ずかしく思うのに、口内を犯す指先がもたらす刺激にルイーズは抗えない。

一方オーウェンは、蕩けた顔のルイーズが指先に夢中になるにつれ、ぷくりと熟れた胸の先を舌で優しく転がし始める。

「ふ……アっ……」

肉厚の舌で少し乱暴に舐められると、足の先まで痺れるほどの快楽が押し寄せ、ルイーズの身体がビクンと跳ねた。

舐めるだけでなく、時折食らいつくように胸の頂を食み、オーウェンはルイーズの快楽を引きずり出していく。

淫らな舌使いにルイーズが抵抗できるわけがなく、舌を扱かれ、胸を舐めるその刺激だけで彼女はおかしくなりそうだった。

なのに、オーウェンはいつしかルイーズの太ももにまで手を這わせている。

快楽の波に呑まれて跳ね続けるルイーズの身体を支えるために添えられていた手は、ドレスの中へと侵入していたのだ。

その手がドロワーズを引き下げていくのを感じ、そこでようやくルイーズは我に返る。

「だめ……ここじゃ……」

名残惜しさを感じながらも、淫らな指先から逃げ出し、ルイーズはやめて欲しいと懇願する。

窓も近いし、もしイオルが給仕に来てしまったら、あられもない姿を晒してしまうことになる。

だがオーウェンは手を止めるどころか、ルイーズの唇から引き抜いた手を使って、彼女の下着をあっけなく取り去ってしまった。

「さっき、鍵はかけた」

「でも、窓が……」

「庭師はいないし、カイルたちは外に食事に行くと言っていた」

気づけば、空は夕日に染まり、あたりに人影はない。だから問題ないと言う代わりに、オーウェンはルイーズの膝を立たせ、ゆっくりと身体を引いた。

「あっ……やぁ……っ！」

思わず声が漏れてしまったのは、ざらりとした何かがルイーズの太ももを撫でたからだ。不思議な感覚は太ももの内側を何度か往復したあと、彼女の秘部へとゆっくり近づいていく。

「なに……これ……」

直後、何か濡れたものが花弁を優しく撫で上げる。

びくんと跳ねた腰を押さえつけられ、そのままちゅっと音がしたところで、ルイーズの恥ずかしいところを愛撫しているのがオーウェンの舌だと気づいた。

「だめ……汚い……ゃあッ！」

やめてと懇願する一方で、花弁を掻き分けた舌が蜜を舐めとると、ルイーズは喉を反らしながら淫らに喘いでしまう。

くちゅくちゅと音を立てて蜜を吸われ、濡れた蜜壺を舌先で掻き回されると、それだけで意識が飛びそうになる。

だがオーウェンがもたらす快楽は、まだ序の口だった。

「あああっ！」

花弁の上にある、小さな芽を舌が荒々しく掬い上げると、ルイーズの口から喜悦の声がほとばしった。

声を出してはいけないと思うのに、舌先で芽を転がされるたび悲鳴にも似た声がこぼれ、

ソファから落ちそうになるほど、身体がビクンと震えてしまう。

「やぁ……舐めるの……だめ……」

最後に残った意識を振り絞り、やめて欲しいと首を振るが、こぼれる声は自分でも驚くほど淫らな熱に彩られている。

やめてと言いながら、暗にその先をねだる嬌声《きょうせい》にオーウェンが気づかぬはずもなく、彼はさらに力強く、ちゅっとルイーズの花芽を吸い上げた。

「ああっ……ンッ、あああぁ！」

刺激によって淫らに熟れた芽をオーウェンの舌で扱かれ、嬲られた直後、ルイーズの意識が真っ白に爆ぜる。

昨日の晩よりずっと早くにやってきた絶頂に、ルイーズはただただ翻弄され、淫らに喘ぎながらぴんと伸びた身体を震わせる。

痙攣を繰り返すルイーズを見つめるオーウェンは、最後にぺろりと襞を舐め上げると、彼女の下腹部からゆっくりと顔を離した。

そのことにルイーズは一瞬ほっとするが、それも束の間だ。今度は重なるようにして、オーウェンが身体を倒してきた。

驚いてルイーズが身じろぎすると、側に置いたままになっていたルイーズの本が、床に落ちる。

大切な本とはいえ、拾い上げる気力もなかったルイーズは伸ばしかけた手を途中で止めた。

だがその次の瞬間、伸ばした指先に目をとめていたオーウェンの顔がわずかにこわばる。

どうしたのかと尋ねたかったが、絶頂で蕩けてしまった身体と意識ではそれは叶わず、言葉を発するより早く、オーウェンは視線をルイーズへと戻した。

彼は、外気に晒され悦楽に震える胸を大きな手のひらで掬い上げながら、ルイーズの顔をなぜか少し苦しそうに、じっと見つめる。

その視線を少し怪訝に思うが、ルイーズが言葉を発するより早く、オーウェンがルイーズの心ごと唇を奪った。

キスは荒々しく、性急だった。

求める気持ちを隠しもせず口内を犯すオーウェンに、ルイーズはただただ翻弄されるしかない。

「オー……ウェン……」

キスの合間に名前を呼ぶが、彼はそれに答えることなく、口づけを深めながらルイーズの胸を形が変わるほど強く揉《も》みしだく。

どこか焦《あせ》りすら感じさせるその手つきに、ルイーズはほんの少しだけ心配になった。

（私……彼を……不安にさせたのかしら……）

ルイーズの肌を撫でる手のひらは、まるで彼女が側にいることを確認するように、時に優しく、時に荒々しく滑っていく。

　彼の指が胸の頂に到達するたび、恥ずかしさと気持ちよさがない交ぜになり、ルイーズはその場から逃げ出したい気持ちになったけれど、どこか不安げな手つきと眼差しに気づいた彼女は、下手な言葉をこぼさないようにきゅっと唇を噛む。

（こんなとき……なんて言えばいいのかしら……）

　まだこの手の行為になれておらず、しゃべることすらままならないルイーズには、オーウェンにかけるべき言葉を見つけられない。

　だから代わりに、ルイーズを見つめるオーウェンの頭をそっと撫でると、彼はようやく安心したように、ルイーズの胸に頭をのせた。

　ルイーズをつぶさないようにと配慮してくれているようだが、オーウェンの頭がのった胸は重く、少し息苦しい。

　けれどそれをどかす気にはなれなくて、ルイーズはそっとオーウェンを抱きしめた。

「少し、このままでもいいか？」

　静かな問いかけに、ルイーズは頷いた。

「少しだけこうしたら、続きをしよう。君が、嫌でなければだが」

　続きという言葉に頬を染めつつも、ルイーズは恥ずかしい気持ちをぎゅっと抑え込む。

「嫌……ではないわ。ただ、こういうことにはまだ慣れなくて……」

「慣らしていこう。俺と、すぐ繋がりたくなるように」

懇願しているようにも聞こえる声と共に胸元に落とされたキスに頬を染めながら、ルイーズは再開された愛撫に、甘い吐息をこぼしたのだった。

第六章

ルイーズたちが王都に着いてから五日目の夕刻、ルイーズは生まれて初めてイルヴェーザ国の王城へと足を踏み入れた。

中はいったいどんな場所なんだろうとずっと思いを巡らせていたはずなのに、いざ自分がそこに向かうとなると、緊張でそれどころではなかった。

世にも美しいステンドグラスが飾られているという謁見《えっけん》の間に入ったときも、陛下に挨拶をしなければならない緊張で周りを見る余裕もなく、半ば夢見心地で挨拶を終え、もっと部屋を見ておけばよかったと気づいたのは、式典後に行われる舞踏会の会場へと移動したあとだった。

「少し、緊張が取れてきたか？」

オーウェンの言葉もこのころになると耳に入るようになり、ルイーズは戸惑いながらも頷く。

　それでもまだ、会場であるダンスホールの豪華さや来賓の煌《きら》びやかな装いには圧倒されてしまうけれど、オーウェンに優しく手を握られると、少しずつだが周りを見る余裕が出てきた。

「私、自分がこんなにあがり症だったなんて知らなかった」

「最初はみんなそうさ。俺とカイルだって、今は親しくさせてもらっているが最初はひどく緊張したもんだし」

「あなたが何かに緊張してるところなんて、あまり想像がつかないわ」

「そうか？　俺は君に声をかけるたび、いつも緊張で吐きそうになってたけど」

　陛下に声をかけるときより震えそうだったと笑うオーウェンの言葉に苦笑を返していると、また少し身体から余分な力が抜けていく。

「とにかく後は楽しめ。料理もうまいし、見たいなら王城の図書室にだって連れて行ってやる」

「えっ、いいの？」

「こう見えても、俺は騎士の中でも偉い方なんだぞ？　城にも自由に出入りできるし、図書室くらいいわけない」

　それに……と、オーウェンは硬くなったルイーズの身体をほぐすように、彼女の背中を優しく撫でる。

「最近は、いつも君の読書の時間を邪魔していたし」

「っ……！」

ほぼ毎日のように、イオルのレッスンの後にオーウェンとしていたことを思い出し、ルイーズは顔を真っ赤にする。

近頃は特に、オーウェンは何かに追い立てられているように、暇さえあればルイーズを抱こうとする。

行為の最中に見せる顔はどこか寂しげで、もしかしたらまたつらい過去を思い出しているのかもしれないと思い、彼に身を任せてきたが、そのせいでふとした瞬間に彼と身体を重ねたときの記憶が頭をよぎってしまうのは困りものだ。

「顔を真っ赤にする君はかわいいが、人前では控えてくれないか。誰かが君を攫おうとしないか、心配になる」

「あっ、あなたが、そうさせてるんじゃない」

むっとしてオーウェンの胸を指で軽く小突くが、もちろん彼はびくともしない。

「ダンスを一曲だけ踊って、そうしたらすぐにここを出よう。君を見ているやつがもういっぱいいいる」

「私じゃなくて、あなたじゃないの？」

「女性だけでなく、男も見ているが？」

「あなた、男にもモテそうじゃない」

「……否定はしないが、君はもっと自分の魅力に気づいた方がいい」

確かに、今日のためにとオーウェンが買ってくれたドレスは美しいし見栄えの良いものだけれど、本物の貴族のご令嬢たちには遠く及ばないとルイーズ自身は思っていた。

「振る舞いも、ハイネの方がおしとやかだし……」

「君だって十分素敵な淑女に見えるよ。それに、ダンスも練習したんだろう？」

ルイーズの手を優しく引き、彼はダンスフロアへと進む。

とたんに緊張で再び胃が痛くなったが、オーウェンに優しく腰を抱かれると、少しだけ気持ちが軽くなった。

「気軽に楽しめばいい。多少ヘマしても、俺が支える」

耳元で囁かれた言葉は頼りがいに溢れ、ようやくルイーズの身体から力が抜けていく。

そのまま音楽に合わせて一歩を踏み出せば、いつも以上に軽やかに足が動き出した。

「うまいじゃないか」

さすがに言葉を返す余裕はなかったけれど、ダンスがうまいのはオーウェンの方だと思わずにはいられない。

彼のリードが完璧だから、ルイーズはいらぬところに気を回す必要がなくなり、音楽と足の運びだけに集中できるのだ。

（ダンスって、結構楽しいかも）

賑やかな雰囲気の中、音楽に合わせて身体を動かすのは、思っていた以上に楽しい。

そして何より、好きな相手と息が合う瞬間は心地よいとさえ思ってしまう。

「ずっと、こうして踊っていたいな」

ルイーズの考えを読むように、オーウェンが小さくこぼす。

それにルイーズも頷いたが、幸せな時間はあっという間だ。音楽が次の曲に変わるとダンステンポも変わり、ルイーズにはついていくことができそうもない。

「ごめんなさい、私最初の曲しか覚えてなくて」

「なら、また次の機会に」

凜々しい笑顔を浮かべ、オーウェンは騎士らしく膝を突くとルイーズの指先にキスを落とす。

とたんに周りの女性たちから悲鳴にも似た声がこぼれたが、誰よりも声を上げたかったのはルイーズだ。

彼の情けない一面を知っているからこそ、こうして格好いいことをされると胸の動悸が激しくなり、頭と心が弾けそうになる。

「一度外に出よう」

オーウェンの言葉にも、ただ人形のようにコクリと頷くことが精一杯で、ダンスの輪から出たあとも胸の高鳴りは収まらなかった。

「何か飲むか？」

「飲みたいけど、お酒はその、やめとく……」

すぐ側では給仕がワインを運んでいるが、既に一度お酒で失敗しているから、できるなら避けたい。

「確かに、ここで泣き出されたら困るな。君の泣き顔はかわいすぎる」

「むしろ、見苦しかったと思うけど」

「君はどんな表情をしていてもかわいいよ。照れた顔が、個人的には一番好きだけど」

「もしかして、さっきのもわざと？」

「あれは、君に喜んでもらえるかと思って」

オーウェンの言葉に、ルイーズは嬉しくないとむくれる。

「いつもどおりでいいわよ。紳士的なあなたって、なんだか慣れない」

「何度も言うが、一応、こう見えても紳士って評判なんだけど」

得意げな顔を見ているとつい笑ってしまいたくなるが、先を続けようとしたルイーズを突然威圧的な声が制する。

「紳士？　野蛮の間違いだろう」

聞き覚えのある声が二人の間に割って入り、せっかくの甘い雰囲気を台無しにする。

振り返れば、そこにいたのはヘイデンで、彼の顔を見たとたん、幸せな気持ちがしぼんで、不安な気持ちが湧き上がる。

「お久しぶりですね、ルイーズさん」

こちらに向けてくる笑顔は相変わらず美しいけれど、ルイーズはやはり彼のことを好きになれない。

とはいえ公の場では無視するわけにもいかず、戸惑いながらもルイーズは挨拶を返した。

「こんなやつに笑いかけなくていい。行くぞルイーズ」

だがオーウェンは、珍しく嫌悪感を隠しもしなかった。

「相変わらず、君は礼儀がなってないな」

「お前に礼を尽くす意味がないからな」

「尽くしておけば、もっと出世できただろうに」

顔の造形が美しいため、人をあざ笑うその表情すら様になるところが、ルイーズは少し怖いと思う。

侮蔑の表情が似合いすぎているのを見ると、日頃からこの手の表情を当たり前のように人に向けている気がしたからだ。

「ルイーズさんも、そんな男には早々に見切りをつけるべきです。国の外れのろくに価値もない領地しか得られない、器《うつわ》の小さな男ですからね」

その価値のない街出身のルイーズとしては、彼の言葉は本当に腹立たしかった。

けれどここで食ってかかれば、パートナーであるオーウェンの評判を下げることにもなりかねないので、拳をきつく握ることでなんとか気持ちを静める。

「もう行きましょう」

「つれないですね。もしかして、オーウェンに何か吹き込まれました？」

ルイーズの態度が冷ややかなことに気づいたのか、ヘイデンがルイーズへ腕を伸ばす。

だが、その指がルイーズの腕に触れる直前、オーウェンがルイーズを強引に抱き寄せた。

「彼女に触れるな」

声は静かだが、言葉の端々から怒気を感じ、ルイーズは少し驚く。

ヘイデンと馬が合わないことはなんとなく感じていたが、まさかここまで敵意をむき出しにするとは思わなかったのだ。

「まるで、自分のもののような言い方だな」

「お前のものでもないだろう」

「今はそうかもしれないが、いずれそうなる」

そう言って微笑むヘイデンに鋭い視線を向けて、オーウェンがきつく拳を握る。

今にも殴りかかりそうなオーウェンの姿を見るに見かねて、ルイーズは慌てて彼の腕を強く引いた。

「行きましょう、こんな人の相手をしていては駄目よ」

ルイーズの囁きにようやく我に返ったのか、オーウェンは渋々引き下がる。

そんな彼をまるで「負け犬」とでも言いたげに鼻で笑ってから、ヘイデンはルイーズに「また今度」と言って優雅に頭を下げた。

「……どうして止めたんだ」

人目を避けたくてサロンを出ると、オーウェンは珍しく苛立ちを言葉にのせる。

「あんなの、相手にする価値もないでしょう？」

「……本当にそれだけか？」

なぜだかそこで苛立ちを自分に向けられて、ルイーズは少し驚いた。

少なくとも彼女は、あのときオーウェンのことを思って腕を引いたのだ。

ヘイデンは自分の都合のいいようにしか物事を見ない男に思えたし、彼は絶対に自分の非を認めない。

そんな人間を説得してわかってもらうことなどできないし、もしこちらが感情的になって暴力などふるえば、それこそヘイデンは被害者面をしてオーウェンを悪者にするに決まっている。

「さっきも言ったけど、あんな人、相手にするだけ無駄よ」

「それはわかっているが、何だか君らしくない」

「それは、どういう意味？」

「君は、気にくわないことがあったら、はっきり相手に言うだろう。だが、あいつにはそうしない」

どこか拗ねたような言い方は、まるでルイーズが彼に好意を抱いていると言いたげな様子だった。

それに気づいたとたん、ルイーズも苛立ちを覚えてしまう。

「私が、あいつを好きだとでも言いたいわけ？」

「だが、嫌いではないだろう」

「この私が、あんな男を？」

上から目線でうぬぼれ屋のヘイデンに好意を抱いているなどと思われているのは心外だった。

それに何より、ルイーズはオーウェンが好きなのだ。その気持ちもちゃんと伝えていたのに、気持ちを疑うような言葉にひどく腹が立つ。

「ほら、君は頭にくるとそうやって顔に出る。なのにさっきはそうしなかった」

「それはっ！」

あなたのために我慢したのに、と言いたかったのに、こちらへと近づいてきた人の気配によって、言葉の先は遮られた。

「オーウェン、ここにいたのか」

二人を追ってやってきたのはカイルで、その後ろにはハイネと、なぜかルイーズの叔父までいる。

「ちょっと来てくれ、ハロルドがお前の力を借りたいそうだ」

二人の登場に、ルイーズは怒りを収めるほかない。

オーウェンの方も不服そうだが、かと言ってみんなの前で口論をするわけにもいかないと思ったのだろう。

「ハイネちゃんと一緒にいろ。あの男のところにだけは絶対に行くなよ」

「行くわけないでしょ」

つんと顔を逸らし、ルイーズはハイネの側へ向かう。

「オーウェンさんと、何かあった？」

「……ちょっとね」

ちょっとどころか、ルイーズの胸の中ではまだ苛立ちが収まっていない。

けれどハイネを困らせるのも嫌だったルイーズは、気持ちと言葉を胸の内にしまい込んだ。

「それで、何があったんだ？」

二人から少し離れたところに引っ張ってこられたオーウェンは、胸の内の苛立ちを抑えながら二人に問いかける。

「誘拐事件の件で、無視できない話を聞いてな」

そう言ったのはハロルドで、彼の表情はどこかこわばっている。

騎士時代を思わせる険しい顔に、何か悪いことが起きたのだと悟ったオーウェンは、ひとまず気持ちを切り替えた。

「今日は捜査の進捗《しんちょく》を聞きに来たんですよね」

「ああ。だがカイルのつてで上の連中に話をしに行ったら、深入りするなと釘を刺された。どうも、妙な事態になっているらしい」

「妙な事態？」

「以前、捕まえた犯人たちが皆自殺したと言っただろう。だが、実際はそうじゃないらしい」

周りに人がいないか気を配りつつ、今度はカイルが困惑した顔で話を繋ぐ。

「自殺ではなく他殺だったらしいんだ。それも、警護にあたっていた騎士ごと、殺されたらしい」

「騎士が殺されて、なぜそれが表沙汰にならない」

さすがにおかしいだろうとオーウェンが眉を寄せると、カイルはどこかウンザリした顔をする。

「今回の事件の捜査責任者が、あのヘイデンだからだ」

再び出てきた名前に苛立ちが蘇りつつも、ヘイデンが王立騎士団の中でも特別視されていることを思い出す。

彼は由緒正しい騎士の家系であり、先の戦争では激戦地となった北方の砦を死守し、英雄とも呼ばれている。

同じく激戦地となった東方の砦の守護者がカイルとオーウェンなら、彼は北方の守護者と呼ばれ、戦争後はこの三人のうちの誰かが王立騎士団の騎士団長になるだろうと言われていた。

その中で国王の信頼が一番厚かったのはカイルだが、彼は任務中の怪我によって一度騎士をやめてしまい、その後に重用され始めたのがヘイデンだ。

あの性格だから、身分の低い生まれの騎士たちからは猛烈に嫌われているが、逆に貴族たちからは羨望《せんぼう》と信頼を集め、近頃ではヘイデン派と反ヘイデン派という派閥までできているらしい。

そのせいで騎士団内の空気が悪くなっていると知り、見かねた国王から騎士団長は他の者にという案も出ていたのだが、カイルがいない今、ヘイデンの人気は無視できず、ついに団長就任も秒読みという噂も立ち始めているそうだ。

「自分が担当している事件の処理に汚点が残れば、団長就任の件が延びるのは必至だ。だから隠蔽したんじゃないかと、上官は考えているらしい」

カイルの言葉が本当なら、ヘイデンはどこまでも歪んだ男だ。

けれど、それを問題にすることができぬほど、騎士団では既に彼の力が強いのだろう。

(だが、このまま見過ごせばまたさらに被害者が増えるかもしれないのに……)

誘拐され、妹のように乱暴される少女たちが増えたらと思うと、オーウェンは怒りを隠せない。

「何か、隠蔽の証拠はないんですか?」

ヘイデンの悪事を暴きたい一心でハロルドに詰め寄ると、彼は「二人に声をかけたのはそのためだ」とオーウェンの肩を叩く。

「やつは捜査資料をすべて個人宅に隠しているらしい」

「じゃあ、その中には隠蔽の証拠も?」

「ああ。それを表に出すことができれば事件の再捜査が行えるし、次は、少しはマシなやつが担当になってくれるだろう」

「つまり、俺たち二人にそれを盗み出せってことですね?」

「騎士である君らに泥棒のようなことをさせるのは気が引けるが、やつの屋敷は警備も厳重でな。下手な者には任せられない」

「任せてください」

「カイルもそう言ってくれた。本当に頼もしいよ」

ハロルドのほっとした表情から察するに、彼もまた自分たち以上に事件とその被害者に心を痛めていたのだろう。

「あと一つお願いなんだが、捜査のことはルイーズには秘密にしてくれ。好奇心が強いから首を突っ込みたがるだろうし、あいつはヘイデンに目をつけられているだろう？」

「ええ、そのようです」

「事件のことを知れば『自分を利用して聞き出せ』なんて言い出しかねないからな。まあそれも手だが、叔父としてはあの子を危険に晒したくない」

「ルイーズをヘイデンに近づけたくない気持ちは一緒です」

むしろ、自分の方が強いかもしれないと、オーウェンは思わずにいられなかった。

＊　＊　＊

「何だか、近頃あまりお天気がよくないわね」

サロンの窓を叩く強い雨を見つめながら、静かにこぼしたのはハイネだった。

まだ昼過ぎだというのにあたりはひどく暗く、雨足が弱まる気配もないので、二人は朝からカイルの屋敷でのんびりと過ごしていた。

「嵐が近づいているようですから、今日は外にお出になるのは控えた方がよさそうですよ」

そう言ったのは、二人のためにお茶を入れてくれていたイオルだ。
四、五日前までは、こういった場には彼の代わりにオーウェンとカイルがいたのだが、近頃二人は何か仕事があると言って出かけるか書斎にこもることが多い。
「カイルは今日もお仕事ですか？」

「ええ。急な頼まれごとがあったとかで、お出かけに」

「この雨だけど、大丈夫かしら？」

そう言ってハイネは不安そうな顔をしたが、イオルは問題ありませんと断言する。

「雨や風に負けるようなお二人ではありませんよ」

「確かに、カイルもオーウェンさんも逞しいけれど、それでも風邪を引かないかと心配で」

イオルの言葉を聞いても、優しいハイネはまだ不安そうにしているが、ルイーズとしてはむしろ風邪を引いて寝込んでしまえと思わずにはいられない。

（まだ私に怒ってるみたいだし、雨で頭を冷やせばいいのよ）

式典でお互いの苛立ちをぶつけて以来、二人の空気は未だ険悪なままだ。

どちらかと言うと、オーウェンの方がどことなく距離をつくっていて、ルイーズが近づくのを許してくれない。

ルイーズとしては彼の誤解を解きたいのに、「忙しいから」ととりつく島もないのだ。

そのままもう三日が過ぎ、ルイーズの苛立ちは頂点に達している。

ハイネもそれに気づいているのか、二人で少し話しましょうと、こうしてサロンに呼び出されたのだ。

事情をなんとなく悟っているらしいイオルが「面倒な二人もいませんし、たまには趣味のケーキづくりでもしてきます」と笑顔で立ち去ると、ハイネは早速ルイーズと向かい合う。

「それで、何があったの？」

何もないと言いかけたけれど、ハイネの瞳はルイーズをじっと探るように見つめている。

「隠しても無駄よ。何かあるなら、話して欲しいの」

普段は温厚で人に合わせることが多いハイネだけれど、何かをすると決めたときの彼女は頑固なところがある。

特にルイーズが落ち込んでいたりすると、拗ねて殻に閉じこもる彼女にハイネは根気よく付き合い、話を聞いてくれようとする。

ハイネと話すことで、ルイーズはいつも気持ちが楽になるのだが、それでもなんとなく口が重いのは、この手の相談を誰かにしたことがないからだ。

それにもし相談して、「オーウェンの気持ちが冷めたのかもしれない」なんて言われたらと思うと、ルイーズは何だか怖くなる。

聞き役としてこの手の恋愛相談をされたことは何度かあるが、だいたいの場合、つれない態度は冷めた心のせいだったし、今回もそうなのかもしれないとつい考えてしまう。

(私、どんなに怒っていてもオーウェンのことが好きなのね……)

最初は自分の気持ちを認められずに避けていたが、その反動か、今は彼への愛情はより強いものになっている。

人形への執着に慣れてしまえば、好きなものをまっすぐに慈しむ心は好感が持てるし、普段の振る舞いや気遣いも完璧で、彼は本当に素敵だ。

そして何より、照れ屋で見栄っ張りなところを含めてルイーズを好きだと言ってくれるし、今まで声をかけてきた男たちと違って、彼は自分の勲章にするために彼女を側に置こうとはしない。

(でも、それでもやっぱり彼の中では人形が一番なのよね……)

暗い考えに行き着いて思わずため息をつくと、ハイネがそっとルイーズと手を重ねる。

小さな手にぎゅっと握りしめられると、言葉はないのに何だか泣きそうになってしまい、ルイーズは慌てて斜め上を向いた。

「オーウェンさんと、喧嘩でもしてるの？」

再びの質問に、今度こそ観念したルイーズは小さく頷いた。

「でも、どうしていいかわからなくて……」

ためらいながら、ルイーズは式典でのことをハイネに語り出す。

はじめのうちこそ冷静に言葉を紡いでいたが、一度しゃべり出すと、ここ数日の苛立ちと不安が爆発してしまい、最後はティーテーブルに突っ伏し、今までの不安を洗いざらい吐き出していた。

「よりにもよって、どうしてあんな男に気があるなんて思うのよ。もしかして私の気持ちを疑ってるのかしら」

「ルイーズにじゃなくて、もしかしたらオーウェンさん自身に何か不安があるのかもしれないわ。私も自分に自信がなくて、そのせいでカイルの気持ちに気づかず、こじれてしまっていたし」

「でもオーウェンは自信を失うタイプには見えないわ。人形好きなのは変わってるけど、もう開き直ってる感じがするし」

「それなら、何か他に、ルイーズにふさわしくないと思ってることがあるとか」

そんなことがあるだろうかと考えてみるがルイーズは何も思いあたらない。

「むしろ、私の方がふさわしくないところ、いっぱいあるもの」

「何言ってるの。二人はすごくお似合いだし、ルイーズは女性として魅力的よ」

「そもそも女性であることが問題なのよ。やっぱり、オーウェンの中で一番大事なのは人形だと思うし」

ルイーズを愛する気持ちはあるだろうけれど、彼の心を慰め支えているのはやっぱりルルで、そのことが寂しいとルイーズはこぼす。

それにハイネは驚いた顔をするが、彼女はふと何かに気づいたように口を開いた。

「ねえ、どうしてそう思ったの？」

「前にハイネが、カイルが悪夢に襲われるって話をしてくれたでしょう？　その状況に居合わせたんだけど、私じゃ何もできなかったの……」

「起こしてあげられなかったってこと？」

「ええ。でも代わりにルルを抱きしめさせたら、彼、ようやく穏やかになって……」

思い出すだけで気持ちは沈むけれど、なぜかハイネはそれを聞いて、少しほっとした顔になる。

「それは別に、ルイーズが一番でない理由にはならないわ」

「でも私、何もできなかったのよ？」

「それを言うなら、私だって悪夢にうなされているカイルを、毎回助けられるわけじゃないもの」

「えっ、そうなの……？」

驚くルイーズに頷き、ハイネは自分のことを語り出す。

オーウェンのように、カイルもまた悪夢を見ることが多いらしい。

彼の場合は、戦争や任務中に失った大勢の部下や友人の死に様が何度も夢に出てきてしまうのだという。

ひどいときには古傷が痛むほどの悪夢に襲われ、彼の苦悶の声にハイネが驚いて目を覚ますことがしょっちゅうあるそうだ。

「苦しそうなカイルを見ていられなくて、抱きしめたり頭を撫でたりしているけれど、毎回彼を悪夢から救い出せるわけじゃないわ。時には、少し一人にして欲しいと、ベッドを抜け出してしまうこともあるの」

「何だか意外ね……。あなたたちは仲がいいし、常に支え合っているように見えたから」

「それは事実だけれど、恋人だからと言って相手の問題を何もかも解決できるわけじゃない」

特にカイルやオーウェンは、幼いころから孤児として過酷な暮らしを強いられ、傭兵や騎士となってからも戦地でずっと戦い続けてきた。

今でこそカサドとその周辺は平和だが、戦争のときは街のすぐ側まで敵国の兵士が迫り、歴史に残るほどの激戦が幾度も繰り広げられたのだ。

その最前線に立ち、敵を食い止め続けてきた二人は英雄と呼ばれているが、一方では殺《さつ》戮《りく》者として恐れられている面もある。

その過去はきっと、今も二人に重くのしかかり、彼らに死ぬまで悪夢を見せ続けるのだろう。

「戦争のころ、私たちはまだ子どもだったし、カイルたちの苦しみはあまりに大きすぎて想像することだって難しいわ……。だからすべてを癒やすことはできないと思うの」

「じゃあ、二人はずっと苦しむしかないって言うの？」

「カイルは、そうだって言ってる。そして苦しむ覚悟をして、剣を取ったんだって」

たぶんそれは、オーウェンも同じなのだろう。

カイルが覚悟を決めたなら、彼がそれに続かぬわけがない。二人には強い絆があるし、妹の件でオーウェンはカイルに大きな恩を感じている。

二人はきっと過去の痛みや後悔を全部背負って生きる決意をしているのだろう。それができたから、彼らは英雄となり、そして今も生きているのだ。

「でもそれは簡単なことじゃないわ。実際、過去に耐えきれず、支えを失い、気が触れてしまった騎士を私は間近で見たし、カイルたちには絶対そうなって欲しくない」

「けど私たちでは、何もできないんでしょう?」

「すべてを理解することは無理だけど、支えにはなれるわ。悪夢を振り払えなくても、側にいて、彼が必要だと思ったときに手をさしのべることが大事なんだって、最近は思うの」

頼ってくれないときはいつも寂しいし、つらいけれど、それでも最後は必ずカイルは自分のもとに戻ってくるのだとハイネは言う。

「だから、必要なときに必要なものを与えたいと思う気持ちがあれば、恋人になる資格はあると思う」

「一番でなくても?」

「そもそも、オーウェンさんの中ではもう一番だと思うわ。ただ、人形に依存してきた時間が長いから、そちらに手を伸ばしがちなのよ」

でもいつかルイーズの手を取る日が来るとハイネは確信しているようだった。

ハイネの話を聞いていると、荒んでいた気持ちが少しずつ穏やかになっていく。

「それに、不安なら私に話したのと同じことをオーウェンさんに聞いてみればいいわ。きっと、もっといい答えが聞けると思う」

「拒絶されたりは、しないかしら……」

「絶対にないわ。あんなに幸せそうなオーウェンさんは初めて見たって、カイルも言っていたもの」

「それは、ルルをだっこしているときより？」

「ええ。イオルさんまで言ってたんだから、間違いないわ」

ルイーズより付き合いの長い二人が言うのであれば、きっとオーウェンの変化は本当なのだろう。

それにハイネが言ってくれたように、ルイーズとルルとではオーウェンの側にいた時間が違う。

いつか彼の一番になりたいと強く思っていたけれど、これればかりは時間と対話で解決するしかないのだ。

（オーウェンの過去のことも、私はたぶんちゃんと理解していなかった……。でもそれじゃあ、恋人を名乗る資格はないのかもしれないわ）

彼の人形好きな一面を知っていたから、人より彼の本当の姿を知っている気になっていたけれど、オーウェン＝ブラッドという人間はそれだけではない。

もっと複雑で、ややこしくて、ルイーズには想像もつかない過去を背負った男なのだ。

ルイーズは彼のことをまだ完全には理解していないけれど、理解したいと思う強い気持ちが胸の内にある。

だからこそ彼の拒絶に恐怖し、憤慨し、うまく立ち回ることができなくなってしまったけれど、それらの過ちからルイーズは前に進みたいと強く思う。

（私は、オーウェンを一時の恋人にはしたくないんだわ）

ハイネとカイルのように、自分もオーウェンを理解し、支え、この先一生側にいたいと思うくらい、ルイーズの気持ちは強いのだ。

でもその部分を、ルイーズはちゃんと言葉にしてこなかった。

気持ちのすべてを伝えるのは恥ずかしいし、自分の気持ちばかりが大きくなっている気がして、言葉にしてしまうのが怖かったのだ。

「もう一度ちゃんと話してみて。そうすれば、二人は絶対うまくいくから」

ハイネの言葉は、きっと正しい。

だからルイーズは大きく頷き、次にオーウェンに会ったときは自分の中の好意も、不安な気持ちも全部言葉にしようと心に決める。

「ありがとう。あなたは、私の心を軽くしてくれる天才ね」

「それは私の台詞よ。小さいころからずっと、ルイーズが気弱な私を励まして導いてくれたから、恋のアドバイスができるくらいになれたのよ」

そう言って微笑むハイネの手を、ルイーズはぎゅっと握りしめる。

ハイネの温かい手から勇気をもらっていると、不意にサロンの扉がノックされた。

「もしかしたら、オーウェンたちが帰ってきたのかしら？」

「なら、早速行ってみたら？」

ハイネの後押しに勇気をもらいながら、二人は扉へと目を向けた。

しかし開いた扉から姿を現したのは、二人が待ち焦がれた人ではなかった。

「ごきげんようルイーズ。そして、黒い肌のお友達も」

美しい笑顔にほんの少しの嫌みをのせて、ヘイデンが入り口に立っていた。

＊　＊　＊

地面を叩きつけるような雨の中、頭をすっぽりと覆うフード付きの外套を纏ったカイルとオーウェンは、すぐ側にそびえ立つ屋敷をじっと見つめていた。

二人は屋敷を取り囲む頑丈な塀の上に腰を下ろし、気配を殺したまま、屋敷とそれを守る私兵の動きを油断なく観察する。

屋敷の入り口には警備らしき数人の男が立っているが、あたりが暗いためこちらには気づいていないらしい。

「さすが次期団長、良い家に住んでるな」

そんな皮肉を口にするオーウェンに、カイルは渋い顔で腕を組んだ。

「やけに見回りが多いな。皆、ヘイデンの私兵か？」

「だと思うが、そのわりには妙に柄《がら》が悪く見えねぇか？」

纏う服はきちっとしているが、雨に濡れるその顔はどこか険しい。

カイルのように元騎士を雇っている可能性もあるが、やけに鋭い眼光は騎士と言うより傭兵に近い気がする。

「まあどちらにしろ、俺たちの敵じゃない」

「だが、なるべくなら見つからないようにいこう。お前にまた怪我でもされたら、ハイネちゃんに合わせる顔がない」

「それはこちらの台詞だ。ルイーズだって、お前を心配する」

「心配……してくれたら、嬉しいんだけどな」

音もなく敷地の庭に降り立ち、オーウェンは近くの窓まで移動しようとする。

だがその肩を、カイルが突然つかんで止めた。

「突然何だ？」

「いや、今聞くことではないとわかっているのだが、少し気になったことが」

「何だよ」

「……お前、ふられたのか？」

「ばっ!!」

思わず声を上げそうになった口を慌ててふさぎ、オーウェンは小声で「馬鹿っ」とカイルを小突く。

「ふられてねぇよ」

「だが、その予定なのか？」

「何でそうなる！」

「このところ、お前たち二人の間の空気が険悪だからだ」

自分の恋愛には疎いくせに、人の機微には妙に聡《さと》いカイルに、オーウェンは少し呆れる。

「ちょっと、色々あって」

「喧嘩か？　それなら、すぐ謝った方がいい」

「何で俺が原因みたいな言い方なんだよ」

「違うのか？」

真顔で尋ねられると、オーウェンは返す言葉に困る。

「ルイーズは、前よりだいぶ素直になっているように見える。ならば、問題はお前なのではないかとそう思った」

まったくもってそのとおりだが、オーウェンは素直にそうだと認められない。

(ちょっと前までは、素直にならないのはルイーズの方だったのにな)

その関係が反転したのは、たぶん彼女の愛読書を見てからだ。

『格好いいでしょ』とかわいらしい笑顔で彼女が見せた本の挿絵に、ヘイデンによく似た男が描かれているのを見たときから、オーウェンは自身に対して焦りを感じるようになっていた。

（あの王子が格好いいってことは、俺とは真逆の男が好みってことだよな、やっぱり……）

ルイーズが寝ている間に本をこっそり読んだ結果、挿絵の男は絵に描いたような紳士的な性格で、育ちもよく、いつも敬語でしゃべるような男性だった。

オーウェンも外面だけ見れば紳士的だと言われているが、所詮それは処世術の一つとして身につけたものだし、ルイーズといるときはどちらかと言えば気の利かない面ばかりが表に出てしまう。

それはきっとルイーズの理想とは真逆なのだ。欠点だらけの自分を彼女が愛おしいと思ってくれるかどうか、近頃は不安で仕方がない。

そんなとき、ルイーズがヘイデンに微笑みかけたのを見て、つい冷静さを失って彼女を怒らせてしまった。そして依然として、二人の仲は修復できていない。

（英雄とも呼ばれる男が、情けねぇよな……）

がっくりと肩を落とし、オーウェンは大きくため息をつく。

「おい、開いたぞ」

物思いにふけっていたオーウェンを我に返らせたのは、不意に届いたカイルの声だった。

仕事の最中に気を散らすなんて自分らしくないと苦笑しながらカイルを捜せば、いつの間にかオーウェンを引き留めたカイルの方が先行している。

音を立てぬよう器用に窓を開ける彼の手腕には感心するが、人の話を聞くだけ聞いて放置するそのマイペースさには呆れるほかない。

(でも、下手に慰められた方が気持ち悪いか)

それにオーウェンが本当に困ったとき、カイルは必ず手をさしのべてくれる。

けれどあえてそうしなかったということは、きっとその必要がないと思ったからだろう。

(あいつに本気で恋愛のアドバイスをされたら、それはそれで腹が立ちそうだしな)

早く来いと手を振るカイルに続き、オーウェンは屋敷の中に音を立てずに侵入する。

この手の潜入は傭兵時代から幾度となく行ってきたため、見張りに気づかれるようなへまはしない。

「部屋の中もえらい豪華だな」

あたりに気配がないことを確認してから、二人は雨よけのために被っていた外套のフードを外す。

どうやら二人が侵入したのは図書室のようだが、置かれたソファや装飾品などは金づくりのものが多く、それらが高価なのは一目見ればわかる。

「調べだと、書斎はこの隣だが……」

眉をひそめるカイルが先を続けるまでもなく、オーウェンは彼の考えを見抜く。

「書類を隠すなら、ここも怪しいって思ってるんだろ？」

「お前はここを捜してくれるか？」

「このつくりだと、うちのと似たような隠し部屋でもありそうだ」

「お前たちはどこか感性が似ているところがあるし、実際あるかもしれないぞ」

「それは、認めたくないな」

腹立たしさを感じながらも、オーウェンは書斎に行けとカイルの背を押し、それから図書室をぐるりと見回した。

オーウェンの図書室ほど広くはないが、所狭しと並んだ本棚には、たくさんの本が収められている。

だがそれらは、読むためと言うより飾るために置かれているようで、棚には価値のありそうな古い書籍ばかりが並び、その上にはうっすらと埃《ほこり》が積もっている。

（だが、妙だな……）

ここまで広い屋敷であるなら、使用人もそれなりの数がいるはずだ。なのに埃をそのままにしておくのはおかしいし、ヘイデンの性格からして怠慢を許すようには思えない。

（となると、あえて触らせてないのか）

これは本当に何かあるかもしれないと考えながら捜索を続けると、壁から少しだけずれた本棚があることに気づく。

認めたくはないが、カイルが言うように同じ感性の持ち主だったらと考えて、オーウェンは棚にある本をいくつか手前に引いてみた。

(これだな)

予想どおり、かちっと音がして棚が扉のように手前へと開く。仕掛けのつくりまで同じだとわかると実に複雑な気持ちになるが、奥を覗き込んだオーウェンはさらなる衝撃を受けた。

「おい、まさかあいつもか……」

思わず呟いてしまったのは、隠し部屋の中に愛らしい人形が何体も置かれていたからだ。オーウェンの屋敷ほど数はないが、本物の子どもにそっくりのビスクドールが八体ほど、椅子に座らされている。

そしてその側には棚が置かれ、調査資料らしき書類の束が無造作に載せられていた。

複雑な面持ちのまま部屋に滑り込んだオーウェンは、書類の束にそっと手を伸ばす。

だが、取り上げて内容を確認しようとしたところで、オーウェンはある違和感に気がついた。

置かれている人形たちが、何だか少し大きすぎる気がしたのだ。

そのうえ、近くで見た人形たちの顔は、生気がない。人形なのだから当たり前だけれど、作り物の中にも愛らしく生き生きとした表情があるものも多いのに、置かれている人形にはそれがなく、どれも恐怖に引きつったような顔をしている。

表情に関係なく、人形を見れば心が昂るのが常だが、置かれたそれらにはむしろ背筋が寒くなるようなものさえ感じてしまう。

かわいらしいドレスや、綺麗に結い上げられた髪はもちろん素敵だけれど、暗闇を見つめる空虚な瞳を見ていると、不快感の方が募るのだ。

（いったい、誰の作品なんだろう……）

イルヴェーザの人形師の数はそう多くないし、自分も知っている人だろうかと思いながら、オーウェンは側にあった人形にそっと触れる。

「――っ!!」

そのとたん、オーウェンは思わず息を呑んだ。

触れた人形の肌が、まるで生きているかのように生温かかったのだ。

恐る恐る、今度は両手で人形の頬を包み込むと、やはり錯覚ではない。

だが人形が温まるような装置はどこにもなく、むしろ長い雨のせいで部屋は冷えている。

それならばなぜ……と、思考を巡らせていると、不意に生温かい風が手を掠《かす》めた。

「おい、まさか……」

慌てて口と胸に手を当てると、人形は呼吸し、鼓動していたのだ。

オーウェンに触られても微動だにしないけれど、それは確かに生きた少女だったのだ。

驚き、他も同じか確認すると、どの人形も浅くではあるが呼吸している。

そしてよく見ると、部屋の奥には地下へと続く小さな階段があった。

嫌な予感を覚えながらもそこを降りていけば、たどり着いたのは石壁の地下室だった。

薄暗い地下室に目をこらせば、部屋の奥には寝台が置かれ、そこには着衣の乱れた小さな少女が人形のように横たわっていた。

「……助けて」

彼女はまだ意識があるのか、オーウェンに気づき涙をこぼす。

苦しげな様子にオーウェンは慌てて駆け寄ろうとするが、なぜだか身体がうまく動かない。

『痛い……お兄ちゃん……痛いよ……』

助けを呼ぶ声が大きくなり、頭の中に見たくもない光景が蘇ったのはそのときだ。

こちらを見つめる少女に、殺された妹の面影が重なり、その声はよりいっそう悲痛なものへと変わる。

よく見る白昼夢だとわかっていたけれど、不気味なのはその身体が人でないものに変わっていくことだ。

必死に手を伸ばす妹の肌は少しずつ陶器へと変わり、涙を流していた瞳がぐるりと回ると、白く濁ったガラス玉へと変化する。

苦しみ、痛いと泣き叫ぶその姿のまま人形になっていく妹をただ呆然と見ていることしかできず、あまりの悔しさに胸が詰まる。

そのまま、オーウェンが思わず膝を突いたとき、誰かが乱暴にその肩を揺すった。

「しっかりしろ！　あの子は、お前の妹じゃない！」

強い言葉と同時に強い衝撃が頬に走り、その痛みによって悪夢が霧散する。

ハッと我に返ると、そこには心配そうな顔でオーウェンを覗き込むカイルの姿があった。

「すまん、俺はまた……」

「構わない。ここは少し、あのときと似過ぎている」

今度は慰めるように肩を叩き、それからカイルは寝ている少女に近づいた。

「この子はまだ意識があるようだな」

「カイル、上の人形に気づいたか」

「悪趣味だな。だがみんな生きているようだし、すぐに助け出さねば」

少女の身体に怪我がないかを確認しながらカイルは言うが、次の瞬間、彼は急に動きを止める。

「オーウェン、見てくれ！」

呼び声に、慌てて少女の方へと駆け寄ると、先ほどまでしゃべっていた少女はひどくぐったりしていた。

　けれど目は開いたままで、呼吸も浅くではあるが繰り返している。

「怪我は見当たらないのに、どうして……」

　まだ頭にちらつく悪夢を振り払いながら少女の身体に触れ、確認すると、彼女の首筋には針で刺したような無数の穴があった。

「もしかしたら、何かの薬かもしれない」

「薬で、こんな状態になるのか？」

「わからないが、普通の状態でないのは確かだ」

「だが、なぜこんなひどいことを……」

「……あいつは、俺と同じなのかもしれない」

「同じ？」

「ヘイデンだ。あいつはたぶん、俺と同じ趣味なんだと思う」

　ルイーズに目の色を変えていたし、ヘイデンが自分と同じく異常なほど人形に執着しているのは間違いない。

「だが、これは子どもだ」

「行き過ぎた愛情が、人へのそれと混同したのかもしれない。それにあいつも、今でこそまともに見えるが一時はひどい状態だっただろう」

「確かに、終戦直後のあいつは少し様子がおかしかったらしいな。だから、騎士団長就任の話も、何度か流れたと聞いた」

　そのときの様子をオーウェンもカイルも見たことはないが、ヘイデンが一度心を壊したという話は騎士団でも周知の事実だ。

　彼の守っていた西の砦は、かなりの死者を出した激戦地で、その数少ない生き残りがヘイデンだった。

　仲間の死を日々見つめ、殺戮が日常化した生活が何年も続くうちに、彼の心は疲弊し、平和の訪れと共に一度壊れてしまったのだ。

　この二年で、今はもう昔の自分を取り戻したと本人は言っているようだが、壊れた心は元には戻らなかったのだろう。むしろまともに見えたのは、裏で歪んだ執着にすがっていたからかもしれない。

「たぶん、誘拐の犯人もこいつだ。ここにいる少女たちは、行方不明の子どもたちと外見が一致する」

　オーウェンの言葉に、カイルはわずかに息を呑む。

「では、出世のためではなく自分の罪を隠蔽するために……」

「自分が雇った男たちも、手にかけたんだろう」

「ひどい真実だが、ここまで証拠があれば逮捕できる。すぐ騎士団に行こう」

だがその前に、まず子どもたちを一刻も早く病院に連れて行かねばならない。

生きてはいるが明らかに状態はおかしいし、なるべく早く医者に診せるべきだろう。

それはカイルも同じ考えのようで、二人は視線を交わすと、すぐに剣を抜く。

ここの少女たちをすべて抱えて壁を乗り越えることはさすがに難しい。

「見張りの数は覚えているか？」

カイルの言葉に、オーウェンは元来た階段を駆け上がりながら記憶をたどる。

「外に六人。中はわからんな」

「だが二人なら、楽勝だろう」

カイルの言うとおり、たとえ何人敵がいたとしても、二人でならここからの脱出は、さほど難しいこととは思えない。

（だがなぜだろう、不安が消えない）

ざわざわと不快に騒ぐ胸を押さえながら、オーウェンは剣を強く握り直した。

＊　＊　＊

「そう警戒しないでください。何度も言っていますが、今日は君を口説きに来たわけじゃないんです」

我が物顔でサロンに入ってきてから、ヘイデンはその言葉をもう三回ほど繰り返している。

だが言葉とは裏腹に、ヘイデンはもう三十分もこの場所に居座り、ルイーズに甘い視線を向け続けている。

それとなく帰れと告げているにもかかわらず、いっこうに立ち去る気配のないヘイデンにウンザリしながら、ルイーズは少し前にヘイデンが「僕の愛情を受け取ってください」なんて寒い冗談を言いながら入れたお茶に手を伸ばす。

どこまでが本当かは知らないが、ヘイデンはオーウェンと会うためにこの屋敷を訪れたらしい。

だがオーウェンは留守で、仕方なく応接間で待とうと思っていたところ、ルイーズの声を聞いた彼は、このサロンに足を運んだのだという。

「しかしまさか、君がこの屋敷にいるとは思いませんでしたよ。幽霊屋敷と言われているし、居心地が悪いのではないですか？　よかったら僕の屋敷に移動しません？　こんな安っぽいお茶菓子よりもっとおいしくて高級なものを食べさせてあげますよ」

一方的に話を続けるヘイデンにルイーズはげんなりし、側にいるハイネすら少し前から極端に相づちが減っているが、それも気にせず彼は一人でしゃべり続けている。

ただひたすら、自分のところに来れば素敵な思いをさせてやると言い続ける様子は異様で、側にいたハイネも彼の性格に難があることは見抜いたらしい。

礼儀として彼の分の紅茶を入れたあとは、彼女も困った顔でルイーズの隣にちょこんと座っていた。

巻き込んでしまったことを申し訳なく思いながらハイネを見ていると、不意にカチャンと音を立てて、ヘイデンが手にしていたティーカップを乱暴にテーブルに置く。

「どうして不機嫌になっているのかわかりませんが、そろそろ僕のことを見てくれませんか？　これじゃあ、独り言を言っているみたいだ」

実際独り言だったたし、何か言おうとしてもひたすらしゃべり続けていたのはそちらだろうとルイーズは呆れてしまう。むしろ、こちらの態度が明らかにおかしいことにあと十五分早く気づいて欲しかった。

「やはり、オーウェンに何か変なことでも吹き込まれてしまったかな？　あいつの言うことには耳を貸さないでくださいね、愚か者の戯れ言だ」

「オーウェンは愚か者なんかじゃありません」

お茶を飲み、なんとか平静を保とうとがんばっていたルイーズだが、オーウェンを馬鹿にされたことでつい頭に血が上る。

ヘイデンと対立して、オーウェンに迷惑がかかったら嫌だと我慢していたけれど、会うたびにたまっていた怒りは、もはや爆発寸前だった。

そしてそれにハイネも気づいたようだが、あえて止める様子がないあたり、彼女もヘイデンに対して良い印象を持ってはいないのだろう。

ならばもう、好きに怒鳴ってしまおうと、ルイーズはカップを置き、椅子に手をかける。

そのまま立ち上がり、いかに彼が失礼であったかを指摘しようと思ったところで、妙な違和感を抱いた。

（あれ……足が……）

立ち上がって、怒鳴りつけてやろうとあれほど意気込んでいたのに、なぜだか足に力が入らない。

足だけでなく、身体の芯が冷えるような感覚が走り、まるで身体が麻痺していくように少しずつ違和感が膨らんでいく。

「ルイーズ？」

様子のおかしいルイーズに気づき、ハイネがそっと彼女に手を伸ばす。

「彼女に触れていいのは僕だけだ！」

すさまじい音と共に椅子を蹴倒《けたお》し、ヘイデンがハイネの腕を跳ねのける。

その衝撃でいくつかの茶器がテーブルから落ちて砕け、驚いたハイネが悲鳴を上げたが、ルイーズは瞬きをすることすらできない。

「お前のような汚らわしい肌の女が、僕のものに触れるな！」

先ほどまでの穏やかな様子から一変し、ヘイデンは悪魔のような形相でハイネを睨んでいる。

明らかに尋常でない様子に、ルイーズはハイネの手を引いてすぐにでも逃げ出したいのに、身体はまだ動かない。

それどころか頭までぼんやりしてきてしまい、ルイーズは心の中でハイネに逃げるようにと念じ続けることしかできなかった。

けれどハイネはルイーズを庇うように立ち上がると、ヘイデンをきっと睨みつける。

「あなた、ルイーズに何かしたの？」

「お前の入れたお茶に、薬を仕込んだんだ。肌の汚い女の飲み物なんてルイーズには飲ませたくなかったけどね」

「薬って……いつの間に……」

「君たちが僕にイライラしている隙にそっとね。でもおかげで、ルイーズは永遠に僕のものだ」

言うと同時にティーテーブルを蹴倒し、ヘイデンはハイネを突き飛ばす。

そこでようやく騒ぎを聞きつけたイオルが部屋に入ってくる気配がしたが、かすむ意識の中でルイーズが最後に見た光景は、ヘイデンが上着の内側に隠し持っていた小銃をイオルに向けるところだった――。

＊　＊　＊

「おいっ今のは何だ……！」

　遠く、微かにだが銃声に似た音が聞こえたことにオーウェンが気づいたのは、カイルの屋敷に戻ってきたときだった。

　いつもは出迎えるイオルの不在を怪訝に思っていた矢先の出来事に、オーウェンとカイルは反射的に音のした方に駆け出す。

　駆けつけてみると、音の出所はルイーズとよく過ごしていたサロンだった。

　その入り口では、血だらけになったイオルが庇うようにハイネに覆い被さったままくずおれている。

「カイル、イオルさんがっ！」

　ハイネの方は無事のようだが、倒れたイオルの出血はひどいようで、カイルがすぐさま止血を行う。

　一方オーウェンは、状況の確認と安全の確保のため、剣を手にサロンの中をうかがうが、室内には誰もいない。

「……え……です」

そのとき、意識を失っていると思っていたイオルが、何かを伝えようとわずかに身じろぎした。

「階段……から……うえに……」

すぐに追いかけろと言いたげなイオルに、オーウェンはその場をカイルに任せて駆け出した。

イオルの怪我は気になったが、先ほどの場所にルイーズだけがいないのが気がかりだった。

(感じていた不安は、これか……)

階段を駆け上がると、ルイーズが使う予定だった部屋の扉が、不気味に開いている。

中に飛び込みたい衝動を堪えながら、万が一に備えて足音を立てずにそっと中をうかがうと、ベッドの上に不気味な人影が見えた。

「意外と早い登場だな」

その姿は幽霊か悪魔のようにも見えたが、響いた声を聞けば、その正体はもっとたちの悪いものだとわかる。

「なぜお前がここにいる!」

オーウェンが部屋に入ると、出迎えたのは美しい顔に狂気を湛えたヘイデンだった。

彼は何かにまたがるような体勢で、ベッドの上に膝を突き、不気味に身体を揺らしていた。

「僕のものを、引き取りに来ただけだよ……」

言いながらゆっくりと腰を折り、ヘイデンは美しい顔を下へと向ける。

そこでオーウェンは、彼の下でぐったりしたまま横たわる、ルイーズの存在に気がついた。

「どうだいオーウェン、素敵に仕上がっただろう」

ヘイデンの声は、普段のさわやかな声質とはまるで違う。低く冷たいその声からは歪んだ愛憎のようなものが感じられ、明らかに普通の状態ではなかった。

「彼女はもう、僕の人形だ……」

「――ッ！」

ヘイデンの手からルイーズを救い出さねばと思うのに、オーウェンの足はその場に縫い付けられたように動かない。

目を閉じたままのルイーズの着衣が乱れ、その腕に、ヘイデンの屋敷に監禁されていた少女たちと同じ注射器のあとが見えたとたん、いつもの悪夢が頭痛を伴ってオーウェンを襲ったからだ。

それを必死に振り払おうとしたが、ヘイデンの勝ち誇った笑い声は、かつて聞いた暴漢の声と重なり、悪夢は現実を侵食していくようだった。

「お前も、これを望んでいたんだろう？」

「どういう……意味だ……」

「僕はお前の秘密を知っている」

そう言いながら、ヘイデンは横たわるルイーズの頬をそっと撫でた。

「僕も昔は、お前と同じ店で何度か買い物をしたからな。僕はすぐに安っぽい人形じゃ満足できなくなったが、お前は違うらしい」

「じゃあ、やはりお前があの子どもたちを……」

「あれはただのおもちゃだが、彼女は本物だ……。こんなに美しい人形をお前は見たことがあるか？」

彼女は人形ではないと告げたかったのに、現実と重なり始めた悪夢に、オーウェンは声を失う。

目の前では、ヘイデンがルイーズの着衣を乱暴に引きちぎり、その肌に口づけを落としている。

それが実際の光景なのか、妹の記憶が重なった偽物の光景なのかがわからず混乱するが、確認しようにも指一つ動かせない。

(俺はまた、救えないのか……)

同じ間違いを犯さないように自らを鍛え、英雄とまで呼ばれるようになったのに、結局

肝心なところで自分はまた大切な人を救えない。

その歯がゆさに血がにじむほどきつく拳を握っていると、突然脳裏に、ルイーズの笑顔が浮かんだ気がした。

それはほんの一瞬だったけれど、その笑顔が「自分を責めすぎないで欲しい」と言うように、優しく抱きしめられた記憶を呼び覚まし、彼に悪夢を振り払う力を与える。

「彼女は……人形じゃない……」

ぼんやりとしていた視界が、そこでようやくわずかに彩りを取り戻す。

目を閉じ、ルイーズの笑顔を思い出しながらもう一度見開けば、悪夢はもう消えていた。

代わりに、剣を片手にこちらへと向かってくるヘイデンの姿が見え、オーウェンは素早く身体を反らす。

さすがに彼も先の戦争を生き延びてきただけあり、鋭い剣戟はそこで止まらない。

初撃を避けたオーウェンを追うように、横に薙いだ刃は彼の頬をわずかに切り裂き、ヘイデンは嬉しそうに顔を歪める。

「ルイーズはもう僕の人形だ。僕のものだ。僕のものだ。僕のものだ。僕のものだ。僕のものだ」

狂ったように同じ言葉を繰り返しながら、めちゃくちゃに剣を振り回すヘイデンはもはや英雄でも騎士でもなかった。

その一撃はまだ重いが、感情に呑まれた剣筋は見る間に乱れ、それがわずかな隙をつくる。

「ルイーズは、誰のものでもないっ！」

荒れた剣を受け流し、オーウェンはヘイデンの体勢を崩す。

その一瞬をついて剣を振り抜けば、剣を持つヘイデンの右腕から鮮血が散った。

「……僕の……僕の……」

鋭い一撃は彼の肩を切り裂いたというのに、ヘイデンは苦痛に顔を歪めながらもまだ虚ろに繰り返す。

「ルイーズと、少女たちを元に戻す方法を教えろ」

ヘイデンの喉元に剣先を突きつけると、虚ろな瞳にわずかな知性が戻るが、それも一瞬だ。

ととのった顔からは狂気が消えず、不気味な笑い声を響かせ続ける。

「元には戻らない。……あれは、永遠に僕の人形にするための薬だ」

「人間を人形にするなんて、できるわけないだろう」

「できるさ。彼女はもうしゃべらないし、動かないし、だから人形のように好きに扱える」

にたりと笑い、ヘイデンはオーウェンを仰ぎ見た。

「お前だって、そうしたいと思ったことがあるだろう?」

「俺は、そんな悪趣味じゃない」

「いや、お前は僕と同じだ。人では満足できないから、人形に心をゆだねていたのだろう? 人間は壊れ、醜《みにく》く朽《く》ち、僕の心を道連れにして去っていくが、人形は朽ちない。ずっと側にいてくれる」

愛おしい、人形は愛おしいと繰り返しながら、ヘイデンは同意を求めるようにオーウェンを見つめ続ける。

「君も僕も、都合のいい道具しか愛せないんだよ! 人形にすがり、依存し、生きてきた僕たちの本質は、永遠に変わらない!」

負傷を感じさせない力強さで言い切るヘイデンに、オーウェンはぐっと歯を食いしばる。

彼の欲望は決して許されるものではないけれど、返す言葉が出てこないのは、彼の思いをオーウェン自身が理解できてしまうからだ。

妹を失って以来、オーウェンは自分の愛する人が死んでしまうことを恐ろしいと感じるようになった。その恐怖は、戦争で多くの仲間を失ったことによって肥大したようにも思う。

温もりは喪失の前触れのように感じられ、人に心と身体を預けることすら恐ろしいとオーウェンは確かに感じていたのだ。

だからオーウェンはずっと、冷たく物言わぬ人形にすがり続けてきた。悲しいときも苦しいときも、人形だけが心を癒やす存在だった。

「僕も君も、人形しか愛せない。だけど一方で、人間の欲は消せないだろう？」

卑しく笑いながら、ヘイデンはゆらりと立ち上がる。そのせいで突きつけていた剣先が彼の首に傷をつけたが、彼はまったく頓着していなかった。

「僕たちの歪んだ心も、それでも正常に働き続ける身体も、どちらも癒やせる究極の人形を、僕はつくっただけだ」

「お前は狂ってる」

「わかっている。でもそれは、お前も一緒だ――」

それまでおとなしかったヘイデンの瞳に再び狂気が膨れ上がり、彼は向けられていたオーウェンの剣をはね除ける。そのせいで彼の美しい手のひらは無残に裂けてしまったが、その痛みを感じている様子はない。

あまりに乱暴な反撃に驚いていると、今度はヘイデンが鋭い突きを繰り出す。一瞬判断が遅れ、オーウェンの首筋にわずかな痛みが走る。それをヘイデンは嬉しそうに眺めていた。

「いずれお前も、僕と同じような欲望にとりつかれる！」

先ほどの荒れていた剣筋が嘘のように、ヘイデンはまっすぐにオーウェンへと剣を振り下ろす。

だが突きを中心とする彼の攻撃は鋭いが、オーウェンの敵ではない。

「俺はお前とは違う！　彼女を元に戻す方法、教えてもらうぞ！」

ひねるように突き出されたヘイデンの刃を掬い上げ、オーウェンは彼の手から剣をはじき飛ばす。

その衝撃で目を見開くヘイデンとぐっと間合いを詰めた彼は、彼の首を左腕でぐっと締め上げた。

「言えっ！　どうすれば、ルイーズは元に戻る！」

「その必要は……ない……。お前はきっと……満足する……」

呼吸を奪うほど強く首を絞めているというのに、ヘイデンはまだ、笑い続ける。

どこか楽しげにも見える姿を見ていると、オーウェンの内から怒りが湧き上がり、彼はさらに腕に力を込めた。

「言わねえなら、このまま、貴様の首を折って――」

「やめろ」

笑い続けているヘイデンに代わり、オーウェンを止めたのは別の声だった。

それでもまだオーウェンの腕はきつく首を絞めたままだったが、再び響いた制止の声と、背後から彼の肩をつかむカイルの手が、オーウェンを正気に戻す。

「やめるんだ、オーウェン」

諭《さと》すように告げられた言葉にオーウェンはぐっと歯を食いしばり、それからヘイデンの身体を床に突き飛ばす。

くずおれたヘイデンは、そこでようやく痛みを感じ始めたようで、今更のように「痛い、痛い」と子どものように泣き叫んでいた。

「こんな惨めな男を、殺す必要はない」

「悪い、少し頭に血が上って……」

「気持ちはわかる。俺も、ハイネが襲われたときはそうなった」

だが、そのまま続ければ絶対に後悔すると言うカイルの言葉に、オーウェンは自分の中の殺意をなんとか押し込める。

「とにかく、こいつのことは俺に任せろ」

そして冷静になれと告げるカイルにヘイデンを任せ、オーウェンはベッドに横たわるルイーズに近づいた。

着衣は少し乱れているが、乱暴されてはいない様子にひとまずほっとする。

だがいくら揺すっても彼女が目を覚ます気配はなく、オーウェンはハイネが呼んだ医者が駆けつけるまで、彼女の手をきつく握ることしかできなかった。

第七章

ルイーズが意識を失ってから三日目の朝、未だ眠り続ける彼女の側で、オーウェンは苦悶に満ちたため息をこぼしていた。

「そんな暗い顔をしていたら、ルイーズ様に叱られますよ」

その傍らにいたのは、オーウェンと共にルイーズの様子を見に来たイオルだ。

彼の出血は多かったものの、傷はさほど深いものではなく、止血が早かったおかげもあり、彼は一命を取り留めた。

それどころか翌日には元気に動き回り、オーウェンと一緒にルイーズの看病も率先して引き受けてくれている。

可能な限り安静にして欲しいとオーウェンたちは思っていたが、これは彼なりの償いなのだろう。

カイルの屋敷内にある、日当たりの良い寝室を療養のためにとルイーズにあてがって以来、イオルもまた、オーウェンかそれ以上にこの部屋を訪れ、彼女の世話を焼いている。

ヘイデンの侵入を許したのは、二人の側を離れてしまった自分のせいだと、彼は考えているらしい。

もちろんオーウェンたちはイオルを責めるつもりはないが、気にするなと言っても聞かないとわかっているので、好きなようにさせている。

「そういえば、カイル様から聞きましたが、ヘイデン様は精神病院に送られることになるそうですね」

「まあ、あの状態じゃあな……」

ため息をこぼし、オーウェンは最後に見たヘイデンの異常な様子を思い出す。

逮捕され、事件の全容は少しずつ明らかになってきたが、ルイーズの一件以来、彼は戦争が終結したとき以上に精神に異常をきたし、しゃべることすらままならなくなった。

彼が隠蔽していた捜査資料と残された証拠から、彼が人身売買目的の誘拐事件を装い、少女たちを誘拐していたことはわかったが、ルイーズたちに使った薬の正体と出所は未だわかっていない。

唯一の救いは、薬の効果は一過性のものである可能性が高いという医者の言葉だが、まだ目覚めた少女はおらず、ルイーズの状態も改善していない。

とにかく安静にとしか言わない医者に苛立ちを覚えながらも、なすすべもないオーウェンはこうして彼女に付き添うことしかできないのだ。

(もう、俺をねぼすけだって責める資格はねぇよ……)

いつかルイーズにかけられた言葉を思い出しながら、オーウェンは彼女が眠るベッドに腰を下ろし、青白い頬をそっと撫でる。

その様子を見たイオルが空気を読んで部屋を出て行くのを感じながら、オーウェンはルイーズの温もりを探そうと指先に集中する。

触れれば温かいけれど、ヘイデンが言ったように今のルイーズは人形そのものだ。

目を傷めぬようにとまぶたは閉じられていて、身じろぎさえしない。そんな彼女を見ていると、オーウェンは無性に彼女の声が聞きたいと思ってしまう。

ヘイデンはオーウェンを自分と同じだと言い、物言わぬルイーズの姿に満足するようになると言ったけれど、こんな状況がこれからも続くなんてオーウェンには耐えられない。

確かにヘイデンの言葉を、オーウェンは完全には否定できない。なぜならルイーズと会うまでは、人間の女性よりも人形の方がいいと本気で考えていたからだ。

けれど、オーウェンはルイーズを人形にしたいと思ったことは一度もない。

ルルに似ている点に惹かれたのは事実だけれど、オーウェンが好きなのは物言わぬ彼女ではなく、おしゃべりで、照れ屋で意地っ張りな、ルイーズという感情豊かな人間の女性なのだ。

「頼むから起きてくれ……。俺に必要なのは、もう人形じゃないんだ……」

だからどうか目を覚まして欲しいと懇願しながら、オーウェンはルイーズの唇をそっと奪う。

この三日の間、オーウェンは何度こうして彼女にキスをしただろう。本が好きでロマンチストなルイーズのことだから、こうしてキスをすれば、それが目覚めのきっかけになるかもしれないと思い、繰り返していたのだ。

だが今日もまたルイーズは目を覚まさず、オーウェンは落胆しながら、そっと彼女の側に横たわる。

そして彼女の姿を側でよく見ようと身体を傾けたとき、オーウェンは首のあたりに何か硬い物があるのに気づいた。

慌てて半身を起こして確認すると、どうやら枕元にあった本をオーウェンは下敷きにしてしまったらしい。

取り上げた本はルイーズのお気に入りで、たぶんハイネが見舞いの品と一緒に持ってきたのだろう。

大切な本をつぶしてしまったオーウェンは、損傷《そんしょう》はないかと本を撫でて確認する。

元々が古い物なので少し心配だったが、ページが取れたりもしていないようだ。

（それにしても、本当に好きなんだな……）

一度見せてもらったときから感じていたが、ルイーズはこの本を相当大切にしているらしい。繰り返し読まれているのだろう、本はかなりくたびれていて、古い補修のあとも見受けられるほどだ。

それに感心しながらページをめくっていると、この前見せられたのとは違う挿絵が目に入った。

そこに描かれているのは自分のような粗野な男で、どうやら彼は主人公を守る部下といった役どころらしい。

（どうせなら、王子じゃなくてこっちが好みならよかったのにな……）

そうすれば自分にももっと興味を持ってくれたのかもしれないと思う一方、描写から察するに、この男は、オーウェン以上に男気があるように思える。

「『たとえ何があっても、お前は俺が守る』か……。こんな台詞、俺にはもう言う資格ねぇな……」

ルイーズの危機に間に合わなかった自分はもう、本の登場人物以下だと思い、オーウェンはページを閉じようとする。

「……待っ……て」

そんなとき、かすれた声が、オーウェンの鼓膜《こまく》を震わせた。

それは一瞬のことで、あまりにか細い声だったから耳を疑ったけれど、聞こえた声が幻でないことを示すように、何かがオーウェンの服の裾を引いた。

「今の……もう一回……読んで」

（まさか――！）

オーウェンは、本を手にしたままルイーズの方へと顔を向ける。

「……あなたって、そんな間抜けな顔……だったかしら」

少し寝ぼけた声はまさしくルイーズのもので、横たわる彼女の顔には困ったような笑顔が浮かんでいる。

「さんざん心配をかけておいて、いきなりそれかよ……！」

オーウェンを見つめるブルーの瞳に意識が戻っていることを確認し、オーウェンは本を置くと彼女の身体をきつく抱きしめる。

「心配って……私どうしたの……」

何だか声が出にくいと告げるルイーズに、オーウェンは彼女を抱きしめたまま、ゆっくりと彼女の身に起きたことを説明する。

「本当に、色々あったんだ……」

あまり驚かせすぎないよう、言葉を選んで事情を説明すれば、ルイーズも少しずつ倒れる前の記憶が戻ってきたらしい。

薬を使われたと聞き、自分の身体に不安を抱いたようだが、もう心配ないと繰り返すオーウェンに、彼女はほっとした様子で身体を預ける。

「あなたが、助けてくれたのね」

「俺は何もしていない。治療の方法もわからなくて、もう駄目かと思っていたんだ」

「でも私は助かったわ。それに、あの変態もやっつけてくれたんでしょう？」

冗談めかして言うその声はいつもの調子に戻っていて、オーウェンの支えで身体を起こすことも問題ないようだった。

それでもまだ、心配そうにルイーズを見つめるオーウェンを安心させるように、ルイーズは彼の手をぎゅっと握り、微笑む。

「私からもあいつに文句を言いたかったのに」

そう言う彼女はいつもどおりに見えて、オーウェンもまたほっとする。

けれど安堵の息をこぼせたのは、そのときまでだ。

「文句と言えば、私、あなたにも言いたいことがあったのよね」

少し改まった口調に、オーウェンは今更のように彼女とは喧嘩中だったことを思い出す。

とたんに、あれほど聞きたいと思っていたルイーズの声が恐ろしくなり、オーウェンは慌ててベッドから立ち上がった。

「ちょっと、何で逃げるの？」

「いやその……あれだ……その……」

思うように口が回らず、どっと冷や汗まで流れ出す自分の身体に、誰よりもオーウェン自身が困惑する。

どうやら彼はこの三日の間で、騎士から臆病者へと成り下がってしまったらしい。

胸の中で膨らみ続けていた不安は大きくなり過ぎていて、「文句」という言葉に身体が過剰反応してしまうようなのだ。

(文句ってことはもしかして、やっぱり好みじゃないとか、そういう話か……!?)

肥大した不安は暴走し、オーウェンはもはや平常心を保てなくなっていた。

「それは後にしよう。まずは、本当に大丈夫かどうか医者に確認しないと！」

ハイネたちも心配しているから呼んでくると言い残し、オーウェンは脱兎のごとく駆け出す。

前々からルイーズの前では普通でいられないことは多々あったし、今もおかしい自覚はあったが、膨れ上がった不安のせいで正常な判断力を失った彼は、己の愚行《ぐこう》を止めることができない。

「臆病者……」

背後から恨めしい声がこぼれたが、焦るオーウェンの耳にはまったく届いていなかった。

＊　＊　＊

（何だか、行きのときと逆になったみたい……）

数日後、すっかり体調の戻ったルイーズは、当初の予定より二日遅れでカサドに帰ることになった。

一行の前には、行きと同様二台の馬車が用意されている。

そしてその片方に、「カイルたちと乗る」とだけ言ってオーウェンが籠もってしまったのは少し前のことだ。

「ねえハイネ、普通、恋人が九死に一生を得たら、愛情って深まるものよね？」

「そうね。私もその、あなたたちはもっと幸せな顔でカサドに帰るものだと思ってたわ」

けれどオーウェンはどちらかと言うと常に怯えているし、ルイーズは行きのときよりずっと不機嫌だ。

ヘイデンの薬の効き目は一過性のものだったし、生死の淵《ふち》をさまよったわけではないから厳密には九死に一生ではないけれど、人形にされかけたのだから状況的には似たようなものだ。

そして普通、別離の危機に遭遇した恋人たちは、それをきっかけにお互いの大切さがわかり、距離を縮めるものだと思っていた。

少なくともルイーズの読んだ小説にはそういうシーンがよく出てきたし、自分たちもそうなると考えていたのだ。

（なのに何なの!!　オーウェンったら、ここ数日私じゃなくてルルばっかりだっこしてる!!）

そのうえろくに会話もしてくれないし、なぜか猛烈に避けられている。

「ねえハイネ、私は薬で寝ていただけよね？　オーウェンを殺しかけたとかそういうことはなかったわよね？」

「なかったと思うわ。あなたが眠ってしまって、オーウェンさんが死にそうな顔をしていたのは事実だけど」

「……もしかして、私のせいで悪夢を見る癖が悪化しちゃったのかしら」

それならありそうだと考えて、ルイーズはオーウェンの馬車に乗り込もうとしているカイルの腕をつかむ。

「カイルさん、帰りはハイネと一緒に乗りたくない？」

「それはもちろんだが、昨晩オーウェンにすがりつかれてだな……」

親友は裏切れないとぶつぶつこぼすカイルだったが、もう片方の手をハイネにぎゅっと握られると、彼はふっと黙り込む。

「私、カイルと一緒の馬車がいいです」

「わかった。親友は裏切ろう」

あまりの変わり身の早さに呆れると同時に、ルイーズはハイネの機転に心の中でありがとうと礼を言う。

こういうとき、持つべきものは裏切らない親友だなとしみじみ思いながら、オーウェンのいる馬車に乗り込むと、中にはイオルの姿もあったが彼の判断も素早かった。

「あっ、何だか撃たれた傷が痛くなってきたので、私はもう一泊して帰りますね」

「おいっ！」

「私のことなら心配しないでください。明日には全快して、馬で追いかけますから」

「明日馬に乗れるなら、今日馬車で帰れよ！」

オーウェンの悲痛な叫びをイオルはもちろん聞かない。

むしろお手をどうぞとルイーズを馬車に乗せ、彼はさっさと扉を閉めてしまった。

馬車はすぐに走り出し、逃げ場を失ったオーウェンは膝の上のルルの頭を落ち着きなく撫でている。

そんな彼と向かい合って座っていたルイーズだったが、こちらと目を合わせないオーウェンを見かね、オーウェンの隣に席を移した。

「この三日間であなたへの文句が日に日に増えてるんだけど、そろそろ聞いてくれるかしら？」

冷え冷えとした声に危機感を覚えたのか、オーウェンはだっこしていたルルを向かいの席に置く。

その様子にひとまずほっとしてから、ルイーズは怯えるオーウェンの顔を見上げた。

「でもその前に、言うことがあるんじゃない？」

「……すまない、俺はその……」

「あのとき何で逃げたのか、ちゃんと説明してくれるわね」

有無を言わせぬ声に、オーウェンはうめきながらも、ゆっくりと口を開く。

「嫌いだと、そう言われると思った」

「はぁっ!?」

あまりに予想外の言葉にルイーズがすっとんきょうな声を上げると、オーウェンは大きな身体を子どものようにびくっと震わせる。

「最近喧嘩続きだったし、俺は君の好みじゃないし、肝心なときに、君を助けることもできなかったし、ついに別れたいって言われるかと思って……」

「待って。喧嘩をしてたのは覚えてるけど、あなたが好みじゃないなんていつ言った？」

「言ってはいないが、事実だろう」

「逆よ。私はそのっ……あなたの顔は好みだし」

「嘘だ。だって君は、あの本の王子が格好いいと……」

「王子？」

思わず首をかしげてから、ルイーズはハッとする。

「もしかしてこれ？」

ルイーズが手荷物の中に入れていた本を引っ張り出すと、オーウェンは大きく頷いた。

確かに一度、オーウェンに挿絵を見せたのは覚えているし、彼の様子がおかしくなり始めたのも、今思えばそのころからだ。

「格好いいって言ったのは、主人公の女盗賊のことよ。それにほら、私が好きなのはこっちなの！」

そう言って何度も見返した挿絵のページを開くと、オーウェンは目を見開く。

「あのときは、照れくさくてこっちは見せられなかったのよ。この盗賊、ちょっとあなたに似ているでしょう？」

「……ということは、全部俺の」

「勘違いね」

ようやく事情がわかったのか、オーウェンは頭を抱えてうなだれる。

「てっきり、ヘイデンみたいなのが好みなのかと」

「あり得ないわよ」

「だが、君はあまり彼を責めなかったし」

「それは、あなたに迷惑がかかるかもしれないと思ったからよ。でもあいつにはずっと文句を言ってやりたかったし、言えなかったことが今でも心残りなんだから」

あの薬さえなければと、今でも少し腹立たしい。

「じゃあ、俺はむしろ好みなのか？」

「そうよ」

「つまりまだ、チャンスがあるのか？」

「チャンスも何も、あなたと私はもう、そういう関係だって思ってたんだけど」

もしかして、彼はまだそのつもりではなかったのかと思うと少し恥ずかしくて、ルイーズはなんと言葉を繋げていいかわからなくなる。

けれどそうする必要はなかった。次の瞬間、オーウェンが彼女をきつく抱きしめたからだ。

「よし、結婚しよう！」

「待って、なんかちょっと話が飛躍《ひやく》しすぎじゃない!?」

「えっ、今のはそういう流れだろう？」

「でも、よくよく考えたら、私、あなたに恋人になろうって言われたことないわ」

「そんなわけない。だって俺は、ずっと君と特別な関係になりたいって思ってたんだ」

「でも、だっこしたいとかそういうことしか……」

あれっと首をかしげるオーウェンを見る限り、彼の方はもう言った気になっていたようだ。

「すまない、俺はその……君を前にすると告白さえろくにできなくなるようだ」

「それは、知ってる」

「そんな俺でも、問題ないか？」

「むしろあなたは私でいいの？　外見はルルに似ているけれど、口うるさいし、おしとやかでもないし、人形とは真逆の性格なのに……」

「そこがいいんだ。おしゃべりで、照れ屋で、見栄っ張りで、そしてこんな俺を呆れながらも受け入れてくれる君がいい」

ルルに与えるものよりももっと優しい手つきでルイーズの頭を撫でながら、オーウェンはルイーズでないと駄目だと何度も繰り返す。

「だから俺の恋人に……そしていずれ妻になって欲しい。気が早いのはわかっているが、俺には君しかいない」

想いを言葉にのせたオーウェンが、ルイーズの答えを待つように彼女をじっと見つめてくる。

向けられた言葉と視線は甘くて、やっぱりルイーズは照れてしまったけれど、素直になれずにこじれた日々を、もう繰り返したりはしない。

「私も同じ気持ちよ。あなたとずっと一緒にいたい」

「本当に？」

答える代わりに、ルイーズはオーウェンの唇を優しく奪う。

それは、見栄を張って強引に口づけたときとは違う、愛情を込めた優しいキスだった。

返されたのはあの日と同じ、荒々しいキスだったけれど。

「実を言うと、ずっと不思議だったんだ」

吐息ごと奪われ、呼吸を乱すルイーズから一度唇を離したオーウェンは、そこで温もりを確認するようにルイーズの頬を優しく撫でた。

「不思議って……？」

「人間の身体はさほど好きじゃなかったはずなのに、ルイーズにはそう思わない」

「それは、私がルルに似てるからじゃないの？」

「それもあるとは思うが……」

ふと言葉が途切れた直後、オーウェンはまた素早くルイーズの唇を奪う。

不意打ちに驚いてルイーズが赤くなると、それを見たオーウェンは感慨深そうに顎を撫でた。

「人形のような無表情より、そうして俺に反応してくれる顔の方がずっと好きだ。赤くなったり、怒ったり、表情がころころ変わるところがかわいくてたまらない」

「何だか、改めて言われると照れくさいわ」

「ほら、その顔だ。ルルには絶対できない君のその顔が好きなんだ」

「だ、だからもうやめてってば……！」

照れくささのあまり、ルイーズはオーウェンの腕から逃げ出そうとするが、いつしか彼の逞しい腕はルイーズの腰をがっしりと抱き寄せてしまっている。

こうなってしまえばルイーズに逃げるすべはなく、彼の腕の中で顔を赤らめるほかない。

「その顔を見ていると、人形には決して感じない気持ちがこみ上げてくる」

うつむいていた顎に指を添えられ、オーウェンに顔を持ち上げられる。

間近に迫ったオーウェンの目に浮かぶ欲情の色に、ルイーズは息を呑んだ。

「あの、まさかここで……」

「もう街の外に出たし、道も悪いから多少揺れてもわからないよ」

そう言って、窓にかけられたカーテンをオーウェンが引くと、車内は少し薄暗くなる。

すると何だか、先ほどよりぐっとオーウェンとの距離が近くなった気がして、ルイーズの鼓動が速くなった。

期待に身体の奥が疼き、呼吸も少し速くなる。

馬車の中でするなんてと思う一方で、ルイーズの身体はオーウェンとの触れ合いを求めてその熱を上げていた。

「俺の上にまたがってくれ。そうすれば、馬車が揺れても君を支えられる」

身体を持ち上げられ、言われるがまま脚を開いて、オーウェンの硬い太ももの上に腰を落とす。

改めてオーウェンと正面から向き合うと、彼はふっと色気に満ちた笑みを浮かべた。

「俺の顔が好みなら、ずっと見ていても構わないぞ」

誤解が解けた上に、ルイーズの好みと自分の容姿が合致していたことが嬉しくて仕方ないのだろう。

彼はルイーズと額を合わせ、わざと顔を逸らせないようにする。

「俺も、ルイーズのことをずっと見ていたい」

「そ、それは恥ずかしい……」

「そうやって赤くなられると、特に目を逸らせなくなる」

甘い声で告げながら、オーウェンはルイーズの纏うドレスのリボンをさりげなくほどいていく。

そのまま腰のあたりまでドレスを下ろしたオーウェンは、あらわになったコルセットのヒモを緩める。

締め付けられていた胸がコルセットから溢れ、露出した肌に冷気が触れて震える。

「さすがに少し冷えるか」

鳥肌の立った肌を撫でたあと、オーウェンは纏っていた上着をルイーズの肩にかけた。

身体をすっぽり覆う上着からはオーウェンの香りがして、前と後ろ、両方から抱きしめられているような、そんな気分にさえなる。

「……っあ……」

「これはなかなかそそられるな」

そんな言葉を呟きながら、オーウェンがあらわになった乳房を優しく揉みしだく。

それだけでトロンとし始めたルイーズの瞳に気づいた彼は、彼女の心と身体をさらに蕩けさせようと、角度を変えながら、何度も唇を奪う。

少し荒っぽい舌使いで歯列をなぞられ、外での行為に戸惑う舌を扱かれると、ここが馬車の中だということを忘れそうになる。

「もっと俺に溺れろ。そうすれば、恥ずかしくないから」

キスの合間に囁かれた低い声は、聞いただけで腰が砕けてしまいそうになるほど甘い。

「君の側にあるのは俺だけだ」

ほんの少し前までは情けないとさえ思っていた顔も声も、今は別人のように凜々しい。

たぶんルイーズは、この二面性に惹かれたのだ。だからこそ、突然醸し出される彼の色気にあてられると、身体が勝手に反応してしまう。

「俺だけを見ろ、ルイーズ」

言われるがまま灰色の瞳を見つめていると、ルイーズの頬をオーウェンが優しく撫でる。肌を滑っていた指先が顎をくすぐり、今度は唇をなぞり始めると、それだけで切ない気持ちが身体を震わせた。

他の場所も触れて欲しくてたまらなくなり、つい、懇願するようにオーウェンを見つめてしまう。

「……っあっ……」

その直後、オーウェンの手のひらがルイーズの胸を優しく愛撫する。望んでいた以上の刺激に、ルイーズはわずかに胸を反らす。

オーウェンのもたらす刺激は甘美で抗いがたく、気持ちよさが溢れて止まらない。

「……そこっ……だめ……」

声を出すのを我慢できず、ルイーズは甘い吐息をこぼしながらオーウェンの腕の中で震えた。

「君のその声を聞くのは、久しぶりだ……」

ひどく恥ずかしい声なのに、オーウェンは喜ぶように目を細める。

「んぅ……あぁ、胸……すごい……」

「ずっと、この声が聞きたくてたまらなかった」

胸への愛撫を強めながら、オーウェンはルイーズの声と官能を引き出すように、彼女の首筋に舌を這わせる。

「だめ…首……よわいのっ……」

「知ってるさ」

いつもは余裕がないくせに、こういうときのオーウェンはひどく落ち着いていて、ルイーズの首筋の感じる箇所を、的確に吸い上げる。

「んあっ……」

わずかな痛みを伴うほど強く吸われ、その上を肉厚の舌にざらりと舐め上げられると、それだけで腰の奥から蜜が溢れ出すのを感じる。

胸への愛撫がさらに強くなり、形が変わるほど強く揉まれたルイーズの左胸は絶えず甘い痺れを全身へと送ってしまう。

「そろそろ、下も欲しくなってきたか……？」

「した……？」

「ルイーズが一番好きなところだ」

ルイーズの身体を片腕で軽々と持ち上げたオーウェンは、彼女のドロワーズをあっという間に取り去り、あらわになった下肢をあえて晒すように、ドレスの裾をたくし上げる。

そのまま先ほどより大きく脚を開かせると、オーウェンの指先が既に濡れていた秘部を優しく撫でた。

「アっ……んっ……」

ただ触れられただけなのに、はしたない声と蜜がこぼれるのは、この後に起こることへの期待に身体が反応しているからだろう。

先ほどまでは、馬車での行為を恥ずかしく思っていたのに、今は一刻も早くオーウェンを受け入れたくて仕方がない。

「オーウェン……」

「そんな声を出さないでくれ。我慢ができなくなる」

「……我慢……しない……で……」

「それは、俺が欲しいということか？」

認めるのは恥ずかしいけれど、じっと見つめるオーウェンはルイーズの口から答えを聞きたいと思っているようだった。

（素直になるとき……かしら……）

照れたり意地を張ったり、ルイーズはずっとオーウェンの前では自分の考えを口にできなかった。

でもそれで何度も失敗してきたのだから、こういうときでもちゃんと、気持ちは伝えなければと覚悟を決める。

「……欲しいの…あなたが……」

恥じらいを捨てた言葉は、自分でも驚くほど淫猥だった。けれどそれを、オーウェンはきっちりと受け止めてくれる。

「望んでくれるなら、俺はもう君のものだ」

「……え、あンッ……！」

オーウェンが頭を下げ、ルイーズの胸の頂を優しく食む。

そのまま舌で転がされ、ルイーズの身体を喜悦が駆け抜けた。

甘い刺激に喘ぎながら震えていると、オーウェンはわずかに体勢を変える。

その直後、ルイーズの花弁に熱い亀頭が触れた。

「……あっ……」

オーウェンが胸から口を離した隙に、恐る恐る視線を下げる。

するとルイーズの股の間から、逞しい屹立が覗いていた。

腰を合わせているせいで、男根は自分の腰から生えたようにも見え、まるで二人の半身が溶け合ったような錯覚を覚える。

けれどまだ、二人は繋がったわけではないし、これからオーウェンの楔《くさび》が自分に穿《うが》たれるのだと思うと、その期待だけでルイーズの奥がきゅっと締まる。

「こんなに蜜をこぼしているなら、入れても問題なさそうだな」

花弁の間を割るように、人差し指を何度か滑らせたあと、オーウェンは屹立の先端をルイーズにあてがう。

触れ合ったところから伝わる熱だけでさらに蜜がこぼれ、早く中へとせかすように、腰が淫らに震える。

「挿《い》れるぞ」

「——っ!!」

わずかに腰を持ち上げられた直後、ずんっと楔が穿たれる。ルイーズはあまりの衝撃に呼吸さえ忘れてしまう。

久々の結合は痛みを伴ったが、続いて再開された深い口づけのおかげで、痛みは快楽へと変わっていく。

「オー…ウェン……」

「っ……、あまり締め付けるな、今……もっと深くまで感じさせてやる」

痛みが溶けていくと共に、オーウェンの突き上げが少しずつ強くなる。

「ンあぅ……ふかい……いい……」

「気持ちいいか？」

「……よすぎ…て…おかしく……」

「好きなだけ……乱れればいい」

打擲音に合わせて跳ね上がる身体を支えようと、ルイーズはオーウェンの首に腕を巻きつける。

するど彼の硬い胸板で胸が擦れ、気持ちよさがぐっと増した。

シャツを纏ったままなので少しだけ物足りない気持ちはあるけれど、その分オーウェンは、ルイーズをぎゅっと強く抱きしめてくれる。

「君の中は、最高だ……。人の温もりが心地いいものだということが、君のおかげで初めてわかった……」

ルイーズの中を堪能するように、オーウェンの男根が奥をぐちゅぐちゅと掻き回す。

それに合わせてルイーズの膣が戦慄《わなな》き、溢れた陰蜜がルイーズの入り口からこぼれ出した。

着衣を汚してしまったらと思うのに、強く穿たれると頭が真っ白になり、さらなる刺激を求めて腰が跳ねてしまう。

「もっと……もっと……君を感じさせてくれ……」

肉壁を押し広げるほど大きくなったオーウェンの男根に、ルイーズの身体は中も外も期待で震える。

そうしてもたらされた快感は、期待以上のものだった。奥にある敏感なところを抉られて、弾けた喜悦に涙がにじむ。

「わたし……いっちゃ……」

「俺もすぐに……」

ルイーズの感じる場所を探り当てたのか、オーウェンは彼女の身体が跳ね上がるほど強く、自身の楔を穿つ。

「あっ……すごい……いいっ……」

擦られ、突かれ、抉られ、わずかに角度を変えながらもたらされ続ける刺激に、ルイーズは髪を振り乱しながら淫らに啼《な》いた。

快楽に理性を飛ばしたルイーズは無意識にオーウェンを締め付け、彼の唇からも熱い吐息がこぼれ出す。

「や……あ……あぁ……」

「俺も……限界だ……」

彼のすべてを感じようとルイーズの中が蠢《うごめ》いた瞬間、激しく奥を抉られながら、オーウェンの熱が放たれる。

「んっ、ああっ……！」

あまりの熱に意識が焼け、ルイーズは全身を震わせながら啼く。

オーウェンがぎゅっと抱きしめてくれたのはなんとなくわかったが、激しい快楽の波に呑まれた意識は虚ろに漂い、身体に力が入らない。

「ルイーズ……」

耳元で囁かれる優しい声に、ルイーズはゆっくりと目を閉じる。

「愛している、これからもずっと……」

身体を繋げたまま、二人は抱き合い、互いの温もりに安心する。

「私も……よ……」

あまりに疲れ切った身体ではそう言うのが精一杯だったけれど、オーウェンは幸せそうにルイーズを抱きしめてくれた。

エピローグ

『二人は事件を解決し、無事古巣に戻ってきたのでした』

もう何十回と読んだ『女盗賊フェデーナ』の最後を読み返しながら、ルイーズは一人ほっと息を吐く。

そしてゆっくりと背筋を伸ばすと、嗅ぎ慣れた本のにおいがルイーズの鼻腔をくすぐった。

(私も、ちゃんと帰って来られたんだな)

昨日旅行から帰ったばかりだけれど、今日からルイーズは店を開けるつもりで準備をしていた。

実を言えば、街に帰ったとたん、オーウェンに無理やり屋敷に連れて行かれるのではと少し思っていた。

けれど、彼はルイーズが店を手放したくないと思っているのをわかっていたらしい。

「この街唯一の書店をつぶすわけにはいかないし、俺たちなりのやり方で付き合おう」

なんて言葉とキスだけを残して、昨日はすぐに帰ってしまったのだ。

店を続けられることは嬉しいけれど、素っ気ない別れを思い出すとちょっとだけ寂しさを感じてしまう。

（私ったら、何だかオーウェンのことばかり考えてるわ）

それが少し照れくさい反面、前のように頭から彼を追い出すことはしない。

追い出したところですぐにまたオーウェンを想ってしまうのは明らかだし、彼への好意を認めると、もう決めたのだ。

（でも、仕事もちゃんとしなくちゃね）

だから心の片隅でオーウェンのことを想いながら、ルイーズは心機一転店を再開しようと心に決める。

そして景気づけに愛読書に目を通しているうちに、気がつけばもう開店時間。朝から客が来ることは少ないので、のんびり構えながら店の扉を開け、そしてルイーズは硬直する。

「おかえり、ルイーズさん！」

「顔が見られて嬉しいよ！」

扉を開ければ、そこにはなんと十人ほどの男たちが待っていたのである。

その中には前に一度オーウェンが追い払った男もいて、ルイーズは頭が痛くなる。

（こういうの、久々で忘れてたわ……）

いつもならすぐ「本を買う人だけ入って」と皮肉を言えるのだけれど、旅行帰りで油断していたルイーズは言葉につまる。

とたんに男たちは調子に乗り、手にしていた花やらプレゼントやらを押しつけてきた。

「ちょっと待って」と言っても引く様子はなく、困惑するルイーズを無視するその図々しさに辟易していると、突然、低く威圧的な声がその場に響いた。

「邪魔だな」

同時に男たちの一人が突然ふわりと地面から浮き上がり、ルイーズは思わず目を見開く。

一瞬目の錯覚かと思ったが、何度瞬きを繰り返しても、男は何かに吊り上げられたようにぶらんと宙に浮いたままだ。

「その子に声をかけていいのは、俺だけだ」

再び聞こえた声にハッとして視線を向けると、男の背後にいたのはオーウェンだった。

彼は男の襟首をつかみ、なんと片腕で男を持ち上げているのだ。

それだけで十分驚いたけれど、先ほどの言葉と合わせ、ルイーズはさらに息を呑む。

（こういう場面と台詞、『女盗賊フェデーナ』の三巻五十四ページで見たかも……！）

ルイーズの脳裏に浮かんだのは、珍しく女らしい格好をしていたフェデーナに男たちが群がり、それを盗賊の男が自慢の腕力で引き剝がすという挿絵だ。

フェデーナが盗賊を意識する数少ない場面だったため、嬉しくて何度も見たその挿絵と今の状況はうり二つで、ルイーズはつい制止するのを忘れてしまう。

そうしているうちにオーウェンは開いている方の手で男をもう一人担ぎ上げた。

相手が小柄なせいもあり、まるで子どものように持ち上げられた男は、じたばたと足を動かすが、オーウェンは微動だにしない。

その様子に手も足も出ないとわかったのか、残りの男たちが戸惑いながらその場を後にする。

持ち上げられていた二人も、オーウェンが地面にドサリと落としたとたん脱兎のごとく逃げ出した。

「まったく油断も隙もないな」

男たちが通りの向こうに消えたのを見計らい、オーウェンが大きなため息をつく。

ルイーズもようやく我に返ったが、大好きな挿絵のシーンを目の前で見られたことにまだ少し胸が高鳴っている。

「おはよう」

そのうえいつになく甘い声で挨拶をされたものだから、何だか胸の奥が落ち着かなくなってしまう。

「お……おはよう」

「何で顔を背ける。追い払ったこと、まさか怒ってるのか？」

「そういうのじゃないの。むしろ、助かったし……」

「じゃあ何だ？」

ぎゅっと距離を詰められ、ルイーズは閉めた扉まで追い詰められる。

オーウェンは、そのまま退路をふさぐように太い腕を壁につき、ルイーズを見つめた。

「小説みたいだなって……思ったの」

「小説？」

「私の好きな本に、その……女の子の窮地を自慢の腕力で助けるようなシーンがあって」

「フェデーナか？　でも、そんなシーンはなかったと思うが」

今のシーンは三巻だからとうっかり発言すると、オーウェンはふと何か考え込む。

その顔に嫌な予感を覚えていると、オーウェンがにっこり微笑んだ。

「フェデーナはルイーズの店で取り扱っているか？」

「あるけど……」

「なら、全巻もらおう」

言うなり、オーウェンはルイーズの脇にあったドアノブを器用に回し、彼女と共に店へと入る。

「ルイーズがどんな男が好きなのか、勉強したいしな」

オーウェンの言葉に、ルイーズは喜ぶべきか止めるべきかわからない。

彼が自分の好きな本に興味を持ってくれたことは嬉しいけれど、好きな場面を教えでもしたら、ルイーズをドキドキさせるためにまねしそうな勢いだ。

「盗賊のまねなんかしなくても、あなたはあなたのままでいいわ」

「それだと、ただの人形好きの変態だし」

「自覚はあるのね」

「だから、ルイーズの喜ぶ男になりたいんだ」

そう告げるオーウェンの顔を見上げ、ルイーズは思わず苦笑する。

「言ったでしょ、今のままで十分よ」

人形好きで、変態だけれど、それだけじゃないことをルイーズはもう知っている。

「変態なところも、今はそんなに嫌いじゃないし」

「そんなことを言われると図に乗るぞ」

この家に人形を持ち込むぞと笑うオーウェンに、ルイーズはお好きにどうぞと微笑む。

「どうせ何度も来るんだろうし、それならあなたの居心地の良いようにして」

人形も、好きなだけ持ってきていいわよと告げれば、オーウェンは突然ルイーズの身体を抱きしめる。

「愛してる」

耳元でこぼれた囁きに頬を染めながら、ルイーズもまたオーウェンにそっと腕を回す。

自分も愛していると告げることはまだ照れくさくてうまくできないけれど、ルイーズは精一杯背伸びをして、オーウェンの唇に優しくキスをした。

「でも狭い家だから、持ってくる人形は三体までにしてね」

「じゃあ、後で君の寝室を見せてくれ」

「寝室に置くの？」

「人形を置くのは枕元が鉄則だ」

そんなこだわりがあるのかと呆れながらも、ルイーズは枕元に人形が並ぶところを想像してみる。

人形だけなら少し不気味だけれど、寝室のベッドに寝転がり、オーウェンがそれらを愛でている様子を見るのはきっと悪くない。

(人形を愛でる姿を愛でるなんて、私もちょっと変なのかしら)

でも実を言えば、無邪気に人形を抱きしめるその姿が、近頃は嫌いではない。

むしろ自分にだけ見せる姿なのだと思うと、愛おしささえ感じてしまう。

(私の前では全然格好よくないけど、そこが逆にいいのかも)

誰もがうらやむ完璧な騎士の裏の顔は、人形好きで不器用な変態だけれど、そのおかげでルイーズは彼に見つけてもらえたのだ。

「じゃあ、一緒にどの子を置くか今度選ぼう」

「私、人形は三つ編みの子が好きかも」

「三つ編みだけで十四人いる」

「十四……!?」

思わず声を出すと、オーウェンが少し焦りながら「十三だったかもしれない」と無意味なフォローを入れる。

「さすがに呆れたか？」

「ずっと前から呆れているし、たぶんこれからも呆れると思うわ」

「そ、そうか……」

「でもそれがあなただし、たぶんそこが好きなの」

人形とルイーズへの愛が暴走しがちな彼との生活は、きっと驚くことも多いだろうけれど、オーウェンの言葉に笑ったり呆れたりする毎日は素敵なものに違いないと、ルイーズは思うのだった。

【了】

番外編　イオルの憂鬱《ゆううつ》

恋というのはままならないものなのだなと、イオルは目の前にしゃがみ込んでいるオーウェンを見ながらしみじみと思う。

今いる薄暗い部屋は、ヘイデンの一件で眠りに落ちたルイーズにあてがわれたもので、そこでイオルはオーウェンと共にとある作業を行っていた。

「本当にこれで、幽霊がいなくなるのか？」

ちなみに今、オーウェンは必死の形相で部屋の片隅にしゃがみ込み、塩の山を築いている最中だ。そしてイオルは、その手伝いとしてかり出されている。

「確証はありませんが、遙か彼方、東の国では部屋の四隅に塩を盛り、幽霊や悪鬼を退《しりぞ》ける風習があるとか、ないとか？」

「大事なことだから、あるのか、ないのかはっきりしてくれ」

ルイーズを起こさないよう小声ではあるが、オーウェンは不安そうな声をイオルへと向ける。

「そう言われましても、私はその道のプロではありませんし」

責められても困ると思いながら、床の上に塩の山をこれでもかと盛っている彼の横に膝を突き、イオルは渋々彼を手伝う。

『ルイーズが安心して眠れるよう、彼女の部屋から幽霊を遠ざけたい』と、突然オーウェンが言い出したのは昼過ぎのことで、それから半日ほど書店や図書館を巡り、イオルが見つけてきたのがこの方法だ。

ルイーズが幽霊嫌いなことはイオルも察していたが、オーウェンと共に過ごしている間は怯える様子も無いので、何故今更幽霊を遠ざけたいなどと言い出すのかと最初は疑問だった。

けれどこの様子を見れば、聡いイオルは理由に気づく。

「普通、この状況で関係をこじらせるとか、あり得ないと思うんですけどねぇ」

「別に、こじれているわけでは……」

「こじれてないなら、深夜に部屋の隅で塩の山なんて築いていないでしょうに」

オーウェンはぐらかそうと必死だが、薬の後遺症から目覚めたルイーズとオーウェンがギスギスしているのは、どう見ても明らかだ。

そのおかげで、ルイーズが寝静まった深夜に駆り出され、こうしてこっそり部屋に忍び込む羽目になっていると思うと、イオルは腹立たしい。

「これは、ルイーズが安心して眠れるようにだな……」

「それなら、あなたが添い寝してあげればいいのでは？」

イオルの提案に、オーウェンは言葉を返さない。

代わりに、困り果てた顔で塩の山を指でほじっているところを見ると、本人もそれが一番だとわかっているのだろう。

（これほどあからさまに両思いなのに、どうして上手くいかないのだろう……）

何があったかはわからないけれど、きっと問題はオーウェンだろうなとイオルは勝手に決めつける。

そして正直なところ、こんな茶番に付き合わされるのは面倒だし、オーウェンに相談されたときも「私に言わないでください」と突っぱねたかったのが本音だ。

けれどどこで適当に突き放してしまうと、また別の面倒ごとを持ち込まれる気がして、つい付き合ってしまったのだ。

（カイル様といいオーウェン様といい、何故私の元上官はそろいもそろって恋のしかたが残念なんだろうか）

かつて共に戦場にいた頃は、どんなことでもそつなくこなしていた気がするが、近頃は情けない姿しか見ていない。正直、オーウェンとカイルの未来が、イオルは少し心配だ。

「そんな目で見るな。俺だって、自分が情けないと思ってる」

「なら、塩の山なんて作らずに、ルイーズ様の側にいて差し上げればいいのに」

「わかっているが、どうにも上手くいかない」

その理由がわからないという顔で、オーウェンは手についた塩を払う。

「嫌われたらと思うと、足がすくんで身動きが取れなくなる」

「あなたほどの英雄を臆病者にするなんて、恋とは難儀なものですね」

「お前だって、恋をしたら情けなくなるだろう？」

「落ちたこともありませんし、その予定もないので」

とたんに、同情するように肩を叩いてくるオーウェンにはイラッとするが、二人と違って恋人を作るつもりは無い。

(身動きが取れなくなるほど大切なものなど、私には不要だ)

けれどその考えを口にすれば『愛は素晴らしいぞ！』と面倒な話を聞かされる気がして、ここはぐっとがまんする。

「いずれお前にも相手が現れるさ。そうすれば、俺の気持ちもきっとわかる」

「現れたとしても、オーウェン様ほど無様にはならないと思いますけどね」

そう言ってオーウェンを落ち込ませる一方で、情けない姿をさらしてまで愛を失うまいともがくその姿は、ほんの少しだけ眩しく感じる。

だから目を背けることも出来なくて、やかなくても良いお節介をイオルはやいてしまうのだ。

「カサドにかえるまでには、仲直りしてくださいね」

「さ、さすがに、その頃には上手くやってるよ」

告げるオーウェンの声はどこか情けなくて、絶対失敗するだろうなとイオルは確信する。

(本当にだめそうなときは、また私が手助けする羽目になるな)

そういえばカイルのときも色々と手間をかけさせられたなと思いながら、イオルは塩の山をじっと見つめる。

これも効かないだろうと思ったが、ふと周りを見れば、常に纏わり付いていた不快な気配はいつのまにか消えている。

気のせいかもしれないけれど、もしかしたらオーウェンの努力が、ほんの少しだけ報われたのかもしれない。

(この勢いで、ルイーズ様とも上手くいけばいいけど……)

それにはやはり時間が必要だろうなと考えながら、いざというときは少しだけ手を貸そうと、イオルはこっそり決意したのだった。

あとがき

この度は、『英雄騎士の残念な求愛』を手にとっていただきありがとうございます！　八巻《はちまき》にのはと申します。

この作品は、ご好評をいただいた『強面《こわもて》騎士は心配性』という作品のスピンオフとなっております。

『マッチョ』と『残念なイケメン騎士』という要素はそのままに、今回は前作の脇役だった二人のキャラクターをメインに据え、本作から読んでも楽しめるように書かせていただきました！（残念な部分は前作以上かもしれないけれど）

もちろん前作を読んだ方もより楽しんでいただけるように、強面騎士のヒーローとヒロイン（あと毒舌執事のイオルも）の出番も沢山ありますので、そちらも楽しんでいただけたら幸いです！

そして前作と同様に、DUO BRAND.様に素敵なイラストを描いていただきましたので、そちらもじっくり見ていただけると嬉しいです！

どのイラストも本当に素敵で、このあとがきを書いている最中も、時折うっとりと拝見しております。

重ねての言葉になりますが、素敵なイラストを本当にありがとうございました！

DUO BRAND.様のお陰で、ただの人形好きの変態だったオーウェンに、イケメン属性がついたと言っても過言ではありません。本当に感謝しております！

あと最後に、編集のYさんにも「今回もありがとうございました！」と叫ばせてください。本当に何度お礼を言っても足りないくらい感謝しております、ありがとうございます！

それではまた、次回も楽しいお話をお届けできると嬉しいです！

ありがとうございました！

八巻にのは

Sonya
ソーニャ文庫

この本を読んでのご意見・ご感想をお待ちしております。

◆ あて先 ◆

〒101-0051
東京都千代田区神田神保町2-4-7 久月神田ビル
㈱イースト・プレス　ソーニャ文庫編集部
八巻にのは先生／ DUO BRAND.先生

英雄《えいゆう》騎士《きし》の残念《ざんねん》な求愛《きゅうあい》

2017年1月9日　第1刷発行

著　　者　八巻《はちまき》にのは
イラスト　DUO BRAND.《デュオ ブランド》
装　　丁　imagejack.inc
D T P　松井和彌
編集・発行人　安本千恵子
発 行 所　株式会社イースト・プレス
〒101-0051
東京都千代田区神田神保町2-4-7 久月神田ビル
TEL 03-5213-4700　FAX 03-5213-4701
印 刷 所　中央精版印刷株式会社

ISBN 978-4-7816-9591-4
定価はカバーに表示してあります。